VERANO DEMONIACO

Verano Demoníaco

J.J. BUFFET

UN ESCALOFRIANTE ORIGINAL DE SNAXTIME

Brooklyn, NY

"Hay un toque de magia detrás de
cada platillo extraordinario"

Harold Snaxton, Fundador de Snaxtime, 1949

PRÓLOGO

—No te quedes demasiado tiempo en el bosque —advirtió la madre de Henry. Sus ojos se movieron inquietos hacia los árboles que rodeaban su hogar.

—No tienes de qué preocuparte, madre —la tranquilizó él.

Ella le tomó las manos con fuerza. —El hijo del panadero y el aprendiz del herrero siguen desaparecidos... No es seguro.

—Volveré en un santiamén —prometió Henry.

Para él, el bosque era como un segundo hogar. Lo había explorado incontables veces en aventuras junto a su hermana menor, Abigail. Pero ahora Abigail estaba confinada a su cama, debilitada por una fiebre que llevaba días aquejándola. Juntos habían descubierto un rincón secreto en el bosque donde crecían las fresas más dulces. Ese día, Henry planeaba recoger algunas y llevárselas a su hermana. Combinadas con los bizcochos que su madre había preparado esa mañana, sin duda le levantarían el ánimo.

Se adentró en el bosque con una canasta vacía. Rayos de luz matutina atravesaban las copas de los árboles. Su cabello, aclarado por el sol, brillaba como paja. Los días de arduo trabajo en los campos habían curtido su piel y endurecido su delgada figura con músculos. A sus 18 años, era un joven imponente.

Henry llegó al campo. Las fresas estaban maduras y jugosas. Arrancó una, saboreando su dulzura ácida antes de recoger más en su canasta.

Escuchó un crujido juguetón, seguido de risitas agudas. Los sonidos parecían provenir de duendecillos del bosque jugando, retozando entre los árboles y los helechos. La curiosidad venció a la precaución mientras abandonaba su tarea para descubrir el origen de los misteriosos ruidos.

Entonces, un sonido diferente se filtró entre los árboles: una canción hipnotizante. La voz tenía una belleza de otro mundo. Cautivado, Henry se encontró caminando más profundamente en el bosque.

Cuanto más se adentraba, más fuerte y embriagadora se volvía la canción. El bosque se desdibujaba a su alrededor mientras la música dominaba por completo sus sentidos.

Llegó a un estanque apartado, cuyas aguas turquesas eran alimentadas por una cascada. Nenúfares salpicaban la superficie.

En el corazón del oasis se encontraba una doncella exquisita. Su cabello negro caía como una cascada sobre su voluptuosa figura. Su piel tersa era pálida como la luz de la luna, y sus labios tenían el color de las rosas. Sus ojos eran claros como el hielo. Abrió los brazos, invitándolo a su pecho desnudo.

Cautivado, Henry dejó caer la canasta y se despojó de su ropa. Se deslizó dentro del estanque y avanzó hacia la criatura celestial. El agua, tibia como leche recién ordeñada, lo excitó.

Mientras nadaba hacia adelante, no se dio cuenta que algo lo seguía. De repente, unas garras afiladas se aferraron a sus tobillos y lo arrastraron bajo la superficie.

Se debatió violentamente para liberarse. Sus ojos desesperados suplicaban ayuda a la doncella. Sin embargo, ella lo observaba con una tranquilidad inquietante.

El agua se congeló de repente con una velocidad antinatural, atrapándolo bajo una capa de hielo. Golpeó la barrera sobre él, pero su fuerza se desvaneció dentro de la gélida tumba.

La mujer apareció bajo el agua, deslizándose con gracia depredadora hacia él. Sus ojos azules brillaban en el abismo helado.

Mientras se acercaba, sus labios se separaron para revelar una visión grotesca: filas de dientes irregulares, afilados como los de un tiburón, que traicionaban su belleza.

Sobre la superficie, el sereno estanque sufrió una espantosa transformación. Sus aguas azules se tiñeron de rojo bajo el hielo. La cascada, antes torrencial, quedó suspendida a mitad de su caída, congelada.

Cerca, la canasta de Henry quedó olvidada, con sus fresas jugosas derramadas a su alrededor, destinadas nunca a ser probadas.

CAPÍTULO UNO

Zane Hawthorn picoteaba los malvaviscos empapados en forma de murciélago de su tazón de cereal Ghoulie Crunch, su favorito de la infancia. Los trocitos de chocolate seguían siendo "espantosamente deliciosos," tal como lo anunciaban.

Los últimos meses habían sido una completa locura. Todo comenzó con una carta que recibió el día de Navidad. Al parecer, un tío abuelo llamado Reginald, de quien Zane nunca había oído hablar, había muerto de viejo. La carta venía acompañada del título de propiedad de una pequeña casa en un pueblo llamado Paradise Falls, y la noticia de que Zane era el último miembro sobreviviente de una familia de la que no sabía absolutamente nada. Para un huérfano, era una forma bastante extraña de descubrir sus raíces.

Acababa de graduarse de la preparatoria y se había mudado a la casa hace apenas unos días. Comenzar de nuevo en un pueblo desconocido era intimidante, pero encontrar un trabajo resultó sencillo.

El día que se mudó, recibió un mensaje de texto al azar que casi ignoró pensando que era spam. El mensaje anunciaba un trabajo en Snaxtime, una cadena de comida rápida de la que siempre había sido fan. Zane aplicó y lo contrataron de inmediato. El trabajo prácticamente le cayó del cielo; se sentía como si fuera su destino. Hoy se uniría a sus filas, marcando su siguiente paso hacia la independencia.

Mientras se preparaba para su primer día, Zane se miró en el espejo de su habitación. Sus ojos azules eran casi transparentes, un rasgo que la gente solía comentar. Tenía tatuajes repartidos por los brazos, el pecho y el cuello; los coleccionaba como si fueran dijes en un brazalete. Se puso el uniforme por la cabeza y se acomodó un mechón rebelde de cabello negro azabache.

Allá vamos.

Zane salió de su casa con la patineta en mano. Se subió y se dirigió hacia Snaxtime. Aquí, en Paradise Falls, tal vez finalmente descubriría quién estaba destinado a ser.

Snaxtime era un edificio de ladrillos amarillos en una colina con vistas a la ciudad. Su techo rojo inclinado estaba coronado por un enorme hot dog de neón.

La franquicia Snaxtime había estado deleitando a los clientes desde finales de los años 40, cuando su fundador, Harold Snaxton, abrió un humilde puesto de hot dogs en Paradise Falls. El pequeño negocio fue un éxito inmediato, expandiéndose a nivel nacional con cientos de sucursales en las siguientes décadas. Aunque el edificio original había sido renovado varias veces a lo largo de los años, aún se promocionaba como el lugar de nacimiento del Original Cheese Dog.

Zane entró. El aroma de hot dogs chisporroteando y comida frita lo recibió en su nuevo trabajo. El interior era un estallido de color, con cabinas de plástico naranja brillante y azul alineadas contra las paredes. Los murales mostraban personajes de comida caricaturescos con caras sonrientes. Había muchos trabajadores moviéndose apresurados detrás del mostrador y en la cocina, pero fue la pelirroja alegre en la caja quien captó su atención.

—Tú debes ser la nueva víctima —dijo, extendiendo la mano. Sus uñas acrílicas brillaban como caramelos de cereza bajo las luces fluorescentes—. Soy Star. —Le guiñó un ojo de manera coqueta, arrugando su nariz llena de pecas. Una burbuja de chicle rosa explotó entre sus labios—. El placer es totalmente *tuyo*.

El uniforme ajustado de Star acentuaba sus curvas. De sus orejas colgaban aretes con caritas felices. A Zane le gustaba su vibra divertida y coqueta; podía imaginarse disfrutando de su compañía.

—Ja, un gusto conocerte también —respondió, estrechándole la mano—. Soy Zane.

Un joven delgado se acercó rápidamente con entusiasmo y saludó a Zane con una sonrisa pícara.

—Holi, soy Dexter —dijo. Su cabello rizado y oscuro estaba peinado hacia arriba, con los lados recortados en un degradado. Se ajustó los lentes y añadió—: Bienvenido a Snaxtime, donde los sueños vienen a freírse. —Mostró una amplia sonrisa que dejaba ver un espacio entre sus dientes.

—¿Qué onda, Dex? —dijo Zane con una risa ligera. Dexter parecía un adorable personaje de cómic.

—Oye, déjame contarte sobre la vez que...

—Está bien, Dexter, ya basta —interrumpió una mujer mayor, a quien Zane reconoció como Marjorie, la gerente que lo había entrevistado por Zoom—. No dejes que Dexter empiece con sus historias. Créeme, ¡estarás aquí hasta la próxima semana!

Dexter sonrió. —Marjorie, acabas de privar a Zane de la historia del siglo.

La mujer se giró hacia Zane. —Bienvenido, señor Hawthorn. ¡Qué gusto conocerte en persona!

—Gracias, estoy emocionado de estar aquí.

Marjorie no era alta, pero tenía una presencia imponente. Su cabello rubio fresa estaba salpicado de mechones blancos, lo que le daba un encanto peculiar. A pesar de los años de uso, su uniforme de Snaxtime seguía viéndose vibrante y perfectamente planchado. —Empecemos con tu entrenamiento.

Durante varias horas, Zane fue lanzado de lleno al ajetreado mundo de Snaxtime. Marjorie, haciendo que todo pareciera sencillo, le enseñó las bases de las operaciones de comida rápida. Aprendió a usar las cajas registradoras y a manejar el flujo de pedidos tanto del autoservicio como de los clientes en el interior, manteniendo todo en orden sin contratiempos.

Luego estaban los detalles más específicos: reabastecer los suministros sin interrumpir el flujo de trabajo, la temperatura ideal para servir el helado más cremoso y la rutina de organizar el área de comedor para cumplir con los estándares de limpieza y ambiente acogedor de Snaxtime.

La voz de Marjorie adoptó un tono más suave y reflexivo durante una breve pausa tras la ajetreada tarde. Sus ojos se posaron en los alrededores familiares: el mostrador que había atendido incontables veces, la cocina donde había perfeccionado sus habilidades, la caja registradora que al principio le había parecido intimidante.

—¿Sabes, Zane? —comenzó, con palabras impregnadas de nostalgia y orgullo—. Empecé a trabajar en Snaxtime cuando tenía apenas 16 años. ¿Puedes creerlo?

Zane vació un balde de hielo en un contenedor.

—¡Wow! Así que apenas empezaste aquí la semana pasada —bromeó.

—Muy gracioso, Zane. ¡Probablemente tengo edad suficiente para ser tu abuela!

Zane soltó una risita. —¿Entonces, por qué te quedaste tanto tiempo?

—Oh, ya sabes, muchas cosas. Este lugar es muy especial. Se puede sentir su energía. Te juro que hay magia en el aire. Y he hecho tantos recuerdos aquí. La mayoría buenos. Y algunos... no tan buenos.

—¿Como cuáles?

—Como cuando agregamos los Jalapeño Hot Bites al menú por primera vez. ¡Vaya día! Estábamos tan emocionados que seguro nos comimos como cien cada uno —dijo mientras colocaba una mano sobre su barriga redonda—. Y wow, déjame decirte, esos baños nunca volvieron a ser los mismos.

Zane rió. —¡Parece que fue toda una explosión!

—¡Definitivamente puedes decir eso! —Marjorie colocó una gorra de Snaxtime en la cabeza de Zane—. Bueno, te toca, novato. Es hora de que empieces tu propia aventura en Snaxtime.

Lo guió hasta la cocina, aconsejándole con entusiasmo: —Recuerda, delantal limpio y una gran sonrisa. Lo harás increíble. Ahora, vamos a la parrilla.

Señaló a un joven lleno de confianza y carisma. —Zane, este es Jake. Él te enseñará a preparar todos nuestros sándwiches. Estás en buenas manos con él.

Marjorie se retiró.

El uniforme ajustado de Jake destacaba su musculosa figura, complementada por un bronceado saludable. Su cabello rubio y ondulado coronaba su cabeza, y su sonrisa relucía blanca. Llevaba un collar de perlas a la moda.

Zane chocó el puño con su nuevo compañero. —Oye, me gustan las perlas.

—Gracias. ¿Cool, no? —Jake se tocó el cuello—. Alguna marca random me las envió por hacer un post patrocinado en redes. Por cierto, ¿cuál es tu usuario? —Sacó su teléfono.

—Eh, no soy muy activo en redes.

—No te preocupes. Todos empiezan en algún lugar. Tienes el look, amigo. Quédate conmigo y estarás arrasando en un abrir y cerrar de ojos —prometió Jake.

—Suena bien —respondió Zane, aunque no tenía ningún interés real en ser influencer, pero agradeció el gesto.

—Bueno, vamos a darle fuego a esto —dijo Jake, volteando una hamburguesa de la espátula al pan.

Jake era un buen maestro. Con una destreza experta, guió a Zane por cada elemento del menú, compartiendo sus consejos de sazonado y trucos para la parrilla.

Tras una demostración completa, Jake le pasó a Zane unas pinzas. —Ahora te toca a ti. Empecemos con lo que nos ha hecho famosos: el Cheesy Double Dog.

Primero, Zane sacó un pan tostado del cajón calentador y colocó dentro una salchicha jugosa. No era una salchicha cualquiera; era una delicia decadente rellena de queso. La llevó al dispensador de salsas y la coronó con un elegante espiral de queso amarillo brillante. Se veía perfecta.

—¡Hermoso! —proclamó Jake—. Definitivamente digno de Insta.

Zane continuó practicando con el Classic Fish Deluxe, el Grilled Cheese y la Double Cheeseburger. Luego llegó el turno del Snaxtime Supreme. Esta hamburguesa con cuatro carnes era el Monte Everest de la comida rápida. Requería mucho cuidado al apilar los ingredientes para evitar que el rascacielos se desmoronara. Capa por capa, Zane alternaba entre carne y queso antes de añadir tocino, lechuga, tomate, pepinillos, cebolla, catsup, mostaza, mayonesa y salsa de queso.

—Creo que le estoy agarrando el truco —dijo Zane, levantando la vista mientras armaba el colosal sándwich—. ¡Es casi tan alto como tú! —bromeó. Jake lo superaba fácilmente en estatura, alcanzando los 1.96 metros.

Con Zane distraído, la hamburguesa comenzó a tambalearse. Jake intervino de inmediato, usando sus rápidos reflejos para estabilizarla y envolverla con destreza en un solo movimiento fluido.

—Whoa, hablé demasiado pronto. Parece que necesito un poco más de práctica —admitió Zane con una sonrisa avergonzada.

Jake le guiñó un ojo. —Tranqui, yo te ayudo.

El almuerzo gratis en Snaxtime era uno de los mejores beneficios, y Zane estaba listo para comer. Se acomodó en una cabina de la esquina con un Cheesy Double Dog, unos Cheesy Stix y un refresco Orange Gush.

Zane devoró su comida con entusiasmo. Había estado yendo a Snaxtime desde que tenía memoria. Pero había algo especial en la ubicación original que hacía que la comida supiera aún mejor.

Estaba a punto de levantarse para reanudar su entrenamiento cuando Star, Jake y Dexter se acercaron. Cada uno llevaba una bandeja repleta de varios elementos del menú.

Los gruesos lentes de Dexter magnificaban sus ojos de cachorro. —¿Listo para tu iniciación... o, mejor dicho, tu devoración? —bromeó.

Star rodó los ojos. —¿Lees un libro de chistes de papá antes de dormir cada noche o qué?

Zane miró las intimidantes bandejas de comida y se echó a reír. —¿Y todo esto?

—Es tradición —respondió Star—. En tu primer día, tienes que probar de todo.

—Bueno, no de todo —aclaró Dexter—. No queremos matarte tan pronto.

Jake empujó las bandejas más cerca de Zane. —Solo hay una manera de aprender bien el menú. ¡A comer!

Zane no estaba seguro de cuánto podría comer, pero haría su mejor esfuerzo para impresionar al equipo. —¡Venga!

El primer elemento en el itinerario de degustación fue el Cheesy Corn Dog. La masa dulce y crujiente ofrecía un contraste delicioso con la carne rellena de queso en su interior. Al morderlo, Zane disfrutó el satisfactorio crujido y el queso derretido.

Después, Zane probó el Grilled Cheese. El pan estaba perfectamente tostado, mantequilloso y crujiente, con queso caliente y cremoso derramándose al morder. Cada bocado tenía un sabor cálido y familiar.

Luego llegaron los Jalapeño Hot Bites. Eran picantes, con un exterior crujiente y un relleno con sabor a cheddar que equilibraba el ardor.

Los Cheesy Tots, que ya eran uno de los favoritos de Zane, eran pequeños bocados perfectos cubiertos con queso. Cada uno tenía una corteza dorada por fuera y un centro suave y cálido de papa. Los devoró rápidamente, uno tras otro.

Los Crunchy Beef Tacos fueron los siguientes. Dentro de las crujientes tortillas había una generosa porción de carne molida picante, cubierta con lechuga rallada, tomates y queso cheddar intenso. Tal vez eran los mejores tacos que había probado en su vida.

El Pineapple Party Cake fue un dulce final tropical. El ligero bizcocho estaba relleno con jugosos trozos de piña y cubierto con glaseado de vainilla, una rebanada de piña, coco rallado y una cereza. Sin duda, el pastel era toda una fiesta para su paladar.

Zane dio un último sorbo a su refresco y empujó las bandejas lejos de él. Discretamente, desabrochó su pantalón para sentirse aliviado. *Ugh.* Se sentía enfermo.

—¿Cómo lo hice, chicos? —preguntó.

—Wow, Zane —dijo Star—. No pensamos que, literal, en serio pudieras comerte todo.

Jake agregó: —Sí, estás dándole competencia a Dexter.

—Pfft, yo podría hacer eso en la mitad del tiempo —replicó Dexter, recostándose mientras estiraba los brazos detrás de la cabeza—. ¿Les conté alguna vez sobre la vez que me convertí en el Rey del Cheese Dog en el Carnaval de Paradise Falls?

—Eh, como un millón de veces —respondió Star, ya fastidiada.

Imperturbable, Dexter continuó: —Nadie pensó que tendría la menor oportunidad, ¿saben? Había un tipo muy famoso, Gordy el Tragón, campeón invicto durante veinte años. Imaginen a un sujeto del tamaño de una camioneta, con brazos como troncos de árbol, que podía comerse una docena de cheese dogs por minuto. Ese era Gordy.

—Yo era el desvalido, literalmente. Solo un humilde cocinero de Snaxtime con un sueño. Nos enfrentamos en el escenario principal con Miss Paradise Falls como juez, nada menos que la encantadora Patsy Peterson, toda una celebridad local. Llevaba una banda, una tiara y un bikini rojo, blanco y azul. Fue increíble. Y el público... adoraba a Gordy. Para ellos, yo era solo el espectáculo secundario.

—Pero, wey, ¡cómo les demostré de lo que era capaz! Me mantuve al ritmo de Gordy, mordida tras mordida. Se escuchaban los jadeos del público cada vez que terminaba un hot dog. Con cada bocado lleno de queso, su incredulidad crecía. Ambos habíamos devorado 34 hot dogs y quedaba menos de un minuto. Podía ver que Gordy estaba perdiendo fuerza.

—Fue entonces cuando pasó —dijo Dexter, soltando una carcajada mientras negaba con la cabeza al recordar—. En mi última mordida victoriosa, un chorro perfecto de salsa de queso salió disparado de mi hot dog. Voló por el aire y, te juro que esto no lo pude haber planeado, aterrizó justo en el... digamos, "décolleté" de Patsy.

Dexter era un narrador con talento pulido.

Continuó: —La multitud se quedó en silencio. Podías haber escuchado caer una palomita. Entonces, el perro del alcalde, Bingo, vio el queso y, bueno, los perros son perros. Vio su oportunidad y la aprovechó, saltando sobre Patsy para probar un poco. La pobre mujer gritó, retrocedió tambaleándose y extendió la mano para sostenerse. Lo único que tenía a su alcance era el mantel.

La historia de Dexter alcanzó su clímax mientras él reía, apenas capaz de articular las palabras. —¡Jala el mantel y todo sale volando como si fuera el 4 de Julio! Hot dogs disparándose en todas direcciones. ¡Caos, un caos absoluto!

Dexter se limpió una lágrima de risa del ojo y continuó:

—Pero aquí viene lo mejor —dijo, todavía entre risas—. En todo ese alboroto, nadie se dio cuenta que me comí el último bocado. Para cuando se calmó todo, a Gordy le faltaba un hot dog para empatar, ¡y yo fui coronado como el Rey del Cheese Dog!

Star juntó las manos en un aplauso sarcástico y lento.

—¿Escuchaste eso, Zane? Estás cenando en la ilustre presencia del único e inigualable Rey del Cheese Dog.

Jake se rió con ganas. —Oh, man, esa historia mejora cada vez que la escucho.

—¿De verdad? —murmuró Star por lo bajo.

Jake le dio a Dexter un choque de palmas. —¡Ese Bingo es un *DAWG* afortunado!

Mientras Zane terminaba las últimas tareas de su turno, Star se acercó con una invitación.

—Oye, este fin de semana vayamos todos a la cabaña de la familia de Jake por el 4 de Julio. Está cerca de las cascadas y, literal, tiene la mejor vista de los fuegos artificiales. ¿Te animas?

Zane ya empezaba a encajar.

—Sí, claro. Suena increíble.

Su primer verano en Paradise Falls prometía ser bastante genial.

CAPÍTULO DOS

Zane, Star y Dexter se amontonaron en la camioneta de Jake y se dirigieron a la cabaña para el fin de semana. Cada curva en el camino revelaba nuevas montañas, lagos y arroyos. Zane se dio cuenta que Paradise Falls era más que centros comerciales de concreto y estacionamientos. Fiel a su nombre, el pueblo realmente tenía cascadas dignas de postal.

Jake iba al volante de su Ford F-250 azul, con su nueva playlist de verano a todo volumen: principalmente pop-punk, con algunos éxitos del Top 40 mezclados. Dexter iba de copiloto, moviéndose al ritmo de la música. Star y Zane estaban en la caja de la camioneta, disfrutando del aire fresco del verano junto a Biscuits, el travieso beagle de Jake.

Zane admiraba el pintoresco paisaje. Sintió un tirón en el corazón. *Hay magia en Paradise Falls.*

Se detuvieron en Patriot Pete's Pit Stop, una gasolinera y tienda general con una bandera estadounidense ondeando sobre ella. Los letreros anunciaban fuegos artificiales y cohetes. Los ojos de Dexter se iluminaron de emoción.

Adentro, la tienda era un revoltijo de todo tipo de cosas. Llenaron una canasta con hamburguesas, hot dogs, panecillos, ensalada de macarrones y papitas. Para el postre, agarraron un bote de galletas azucaradas con glaseado, además de malvaviscos, barras de chocolate y galletas Graham para hacer s'mores.

Star y Zane hacían poses juguetonas, modelando gafas de sol y sombreros el uno para el otro. Mientras tanto, Jake intentaba usar una dudosa identificación falsa para comprar un paquete de cervezas y un tarro de cristal con moonshine de sandía. La cajera, una mujer de unos cincuenta años con mirada aguda, entrecerró los ojos mientras examinaba la identificación.

—¿Cuarenta? ¿En serio?

Jake pensó rápido y mostró su característica sonrisa. —Bueno, ya sabes, este aire de montaña te mantiene joven.

Sosteniendo dos cajas de cohetes, Dexter se inclinó y susurró en tono conspirador: —¿Papi, podemos llevar estos?

Jake siguió el juego, revolviendo el cabello de Dexter con cariño. —Solo si prometes no volar el garaje otra vez, hijo.

Era un acto dolorosamente poco convincente, pero la cajera soltó una risa. —Está bien, está bien. Solo procura que el sheriff no te atrape con ese moonshine.

En el último momento, Dexter lanzó una hamburguesa de goma chirriante en la canasta.

—Ah, y esto —dijo, moviendo las cejas—, para Biscuits.

Jake negó con la cabeza. —¡Consientes a mi perro más que yo!

Con los suministros listos, el grupo regresó a la camioneta, emocionados y listos para un fin de semana súper divertido.

La cabaña de la familia de Jake estaba junto a un pequeño lago. Tenía un porche envolvente, perfecto para noches de borrachera llenas de risas. La encantadora casa tenía paredes de madera y sofás acogedores con montones de mantas y almohadas. Entre las pinturas de vida silvestre colgaban astas, rindiendo homenaje al mundo exterior. Una chimenea de piedra dominaba la sala.

Los amigos descargaron las compras y se acomodaron.

—¡Ándenle, chicos! —dijo Jake, ya en traje de baño—. ¡El último en meterse al agua lava los trastes esta noche!

Sin pensarlo dos veces, corrió hacia el lago, lanzándole su teléfono a Dexter.

—¡Graba esto! —Jake se subió a un columpio de llanta, pegó un grito loco y se lanzó al agua, haciendo un gran chapuzón.

Biscuits corrió detrás de Jake y se lanzó al agua con un ladrido.

Star tiró de la mano de Zane. —¡Te gano! —Se fue despojando de la ropa mientras corría, quedándose solo en ropa interior cuando llegó al agua y se lanzó de un salto.

Entusiasmado, Zane se quitó la playera y los shorts y corrió hacia el lago detrás de ella. Se salpicaron como niños. Biscuits nadó hacia ellos, ladrando.

Zane y Star nadaron hasta un muelle flotante. Zane subió primero y luego extendió la mano para ayudar a Star. Sus dedos se deslizaron entre los de él, suaves pero firmes.

—El sol se siente rico —dijo Star mientras exprimía su cabello, dejando que las gotas cayeran sobre sus hombros. Los ojos de Zane siguieron el rastro del agua, quedándose más tiempo del que pretendía.

—Sí, es verdad —respondió Zane, recostándose sobre las cálidas tablas de madera, intentando parecer casual.

—Me encantan todos tus tatuajes —dijo Star, admirando su cuerpo tatuado. Sus dedos rozaron el antebrazo de Zane, trazando círculos sobre una figura negra y difusa.

Zane se puso rígido.

—¿Qué significa este?

—Ese fue el primero que me hice —admitió—. Me lo hice yo mismo con un alfiler y una pluma. Se supone que es un escorpión, porque soy Escorpio. Bastante tonto, ¿no?

La caricia de Star no lo soltó.

—Me gusta. Es misterioso, como tú —dijo mientras deslizaba su dedo por su pecho mojado, deteniéndose en una pequeña marca en forma de medialuna.

La respiración de Zane se detuvo cuando ella inclinó la cabeza para encontrar sus ojos.

—¿Y este? ¿Es una luna?

—Ja, en realidad es solo una marca de nacimiento. Siempre la he tenido.

—Eres tan cósmico —susurró ella, con palabras que lo envolvieron como un hechizo.

—¡Oigan! —gritó Jake—. ¿Dónde está Dex?

Como si fuera su señal, Dexter salió corriendo de la cabaña con un flotador de patito alrededor de la cintura y una cerveza en cada mano. Entró al agua con una exagerada cautela, dejando que el flotador subiera bajo sus brazos para mantenerse a flote.

—Esto es vida, ¿no? —dijo, llevándose una cerveza a los labios.

El silbido lejano de un tren los serenaba desde el otro lado del lago.

Tomaron, nadaron y flotaron en llantas toda la tarde. Era uno de esos días perfectos de verano que parecía no tener fin.

Cuando el hambre finalmente hizo acto de presencia, se trasladaron al porche. Jake asó hamburguesas y hot dogs en la parrilla, mientras Star y Zane ponían la mesa con platos desechables y lo que habían comprado antes en la tienda.

Jake colocó unas hamburguesas en la mesa. —La verdad, esto es mejor que cualquier viaje familiar que haya tenido aquí. Ustedes son mucho más tranquilos que mi hermana de 12 años. Todo el tiempo habla, sin parar. Y nunca me deja en paz… con un millón de preguntas sobre todo lo que hago.

—Aww —dijo Star con ternura—. Solo te quiere mucho, big bro.

Jake rodó los ojos. —Sí, yo también la adoro. Pero es como, "¿A dónde vas? ¿Qué estás haciendo? ¿Quién es esa? ¿Por qué no me contestas?" Es como si estuviera estudiando para un título en chismosidad con especialidad en mi vida.

Star soltó una risita. —Pues claro. Como una ex niña de 12 años, te puedo confirmar que, literal, es nuestro trabajo meternos en todo.

Mientras tanto, Dexter estaba construyendo un sándwich que desafiaba la gravedad: una hamburguesa, un hot dog, ensalada de macarrones y papitas, todo cubierto con catsup, mostaza y mayonesa de chipotle. Con una sonrisa triunfante, anunció: —¡Contemplen el Dex-Deluxe!

Star hizo una mueca de asco. —Uy, ni creas que te voy a dar respiración de boca a boca cuando esa cosa te mande al hospital por un infarto.

Dispuesto a aceptar el reto, Dexter le dio una mordida monstruosa a su desordenada creación. Como era de esperarse, la mayor parte del sándwich terminó cayendo a sus pies.

Siempre oportunista, Biscuits corrió rápidamente y devoró frenéticamente todo lo que veía.

Dexter bromeó: — ¡Este perro sí sabe lo que es bueno, hot diggity dog!

Biscuits ladró en señal de acuerdo, o tal vez estaba pidiendo más. Para todos, estaba resultando ser el día de verano perfecto.

Esa noche, subieron por un camino de montaña hasta un mirador. Las luces centelleantes de Paradise Falls se extendían ante ellos. Se estacionaron en la cima y se subieron a la caja de la camioneta, mientras el tarro de moonshine pasaba de mano en mano.

Sobre ellos, el cielo estalló en colores vibrantes mientras comenzaba el espectáculo de fuegos artificiales de la ciudad. Star tenía razón: esta debía ser la mejor vista del pueblo. Jake aplaudió, y Dexter exclamó "¡Oooh!" y "¡Aaah!" maravillado.

Pero no todos eran fanáticos de los ruidosos estallidos. Biscuits, el desconcertado beagle, gimoteó y se escondió detrás de Zane.

Cuando un fuego artificial especialmente brillante iluminó el cielo, los ojos de Zane se posaron en Star. Con sus dos largas trenzas, una camisa de franela holgada y shorts de mezclilla cortos, era la imagen perfecta del verano. Era hermosa.

Jake se levantó de un salto cuando el espectáculo terminó. —¡Man, eso estuvo épico! —dijo, mirando a Dexter mientras sacaba su teléfono—. Pero apuesto a que podemos hacerlo mejor. ¿Listo para crear contenido?

Dexter agitó los cohetes que habían comprado antes. —¡A huevo!

Jake levantó el puño en el aire. —Let's goooo!

Y con esa declaración, los dos traviesos se alejaron corriendo, dejando atrás a Star, Zane y al todavía ansioso Biscuits.

Los grillos cantaban y una rana croaba a lo lejos. Las hojas susurraban mientras el viento atravesaba los árboles. Y en algún lugar a la distancia, los inconfundibles estallidos y crujidos de los cohetes se mezclaban con los gritos de alegría de Jake y Dexter.

Star jugó con una de sus trenzas.

—A ver, hombre misterioso —dijo mientras le daba un golpecito en el muslo a Zane—. Siempre tan callado. ¿Cuál es tu historia de origen? ¿De dónde vienes rodando?

Acompañó la pregunta con un coqueteo en sus labios, fruncidos de manera juguetona, y Zane notó el tenue contorno de un corazón en su forma.

Zane se revolvió el cabello corto.

—Pues, no hay mucho que contar. Perdí a mis padres cuando era niño y casi no los recuerdo. Crecí brincando de una casa a otra —admitió, con un tono casual que enmascaraba la complejidad de su situación.

Se sentía un poco borracho y más dispuesto a abrirse. Sacó una billetera de cuero gastado de su bolsillo trasero y extrajo una única fotografía descolorida de entre sus pliegues.

Star lo observó con curiosidad. —¿Es eso…?

—La única foto que tengo de ellos —explicó Zane, ofreciéndole una pequeña sonrisa nostálgica.

Le entregó la foto con cuidado, como si fuera una reliquia sagrada.

Star examinó la imagen bajo la luz de la luna.

—Tú papá… Te pareces mucho a él, Zane.

Era cierto. El parecido era innegable.

—Debe ser duro. Lamento que nunca hayas podido conocerlos.

Zane tomó la foto de vuelta y la guardó en su billetera. —Estoy bien por mi cuenta. Cuando te mudas tanto como yo, aprendes a cuidarte solo.

—Suena solitario —dijo Star, con la mirada suavizada—. ¿Tuviste amigos alguna vez?

—Sí, unos cuantos, casi puros compas del skatepark. Nada serio. Solo andábamos de vagos, practicábamos trucos, tomábamos, fumábamos, ya sabes, la vibra...

—¿Y novias?

—Jaja, pues sí, ando con varias —dijo Zane, intentando darse confianza, aunque de inmediato se sintió cohibido—. Pero nunca nada serio.

Era cierto. Había tenido sexo algunas veces con algunas chicas, pero siempre fue un poco incómodo y nunca llevó a nada real. Divertido, sí, pero nunca hubo esa chispa que lo hiciera algo más.

—Interesante —dijo Star, inclinando la cabeza, intrigada—. Entonces, si no fue una chica la que te trajo aquí, ¿qué fue? ¿Cómo terminaste en Paradise Falls?

—Ah, bueno, esa es otra historia. Heredé una casa de un tío abuelo que ni siquiera conocía. ¿Suena como una locura, no?

—¡No inventes, me estás tomando el pelo! —exclamó, dándole una palmada en la rodilla y acercándose un poco más a él—. ¿En serio?

—Sí, sin mentiras. No quedaba nadie más, así que me dejaron todo.

—Oh my God, ¿cómo murió?

—Pues, creo que estaba muy viejo, no sé. Nunca lo conocí. Apenas me enteré de que existía después de que falleció.

Ella se inclinó hacia él, con una mirada de sospecha fingida. —Tu historia de origen es como sacada de una película de Marvel. ¿Qué más me estás ocultando? ¿Algún secreto de *superhéroe* que no me quieras contar?

Él se rió. —Solo si cuenta como superpoder dominar el arte de calentar ramen instantáneo en el micro.

—Qué lástima. Definitivamente te lucirías con unas mallas de spandex —bromeó ella, mientras se lamía los labios.

—Sí, eh… el spandex no es lo mío —respondió Zane, sintiéndose un poco cosificado, aunque no le molestaba del todo.

Ya había estado prácticamente desnudo frente a Star antes en el lago, empapado y solo en ropa interior. Pero ahora se sentía aún más expuesto. La idea de que ella lo imaginara con mallas ajustadas hacía que su sangre fluyera con más fuerza. Se movió incómodo en su asiento.

—¿Y tú qué? Haces demasiadas preguntas. ¿Eres alguna especie de agente encubierta del FBI?

—Algo así —respondió Star, lanzando un guiño coqueto mientras se echaba el cabello hacia atrás—. En realidad, mi vida es bastante aburrida comparada con la tuya. He vivido en Paradise Falls toda mi vida. Mis papás viajan como sin parar. Mi abuela, Abui, prácticamente me crió. Vive conmigo, pero tiene como un millón de años y casi no hace nada.

—Entonces, ¿básicamente también vives sola?

—Sí, básicamente. Más o menos entiendo lo que se siente no tener una familia cercana. Por eso trabajo en Snaxtime. Salgo de la casa, gano algo de dinero y conozco gente nueva… como tú.

—Se siente como si estuviéramos destinados a conocernos… tú y yo.

—Yo también lo siento totalmente.

El espacio entre ellos se redujo. Sus ojos se encontraron, y sus rostros se acercaron poco a poco. Justo cuando sus labios estaban a punto de juntarse...

Jake y Dexter salieron corriendo del bosque, riendo a carcajadas mientras corrían hacia la camioneta. Zane y Star retrocedieron bruscamente, rompiendo el hechizo entre ellos.

Jake, tratando de recuperar el aliento, gritó: —¿Ya nos vamos o qué? ¡Se nos acabaron los cohetes y el moonshine!

Dexter, torpe mientras subía a la camioneta, añadió: —¡Esos s'mores no se van a hacer solos!

Star soltó una pequeña risa nerviosa, acomodándose un mechón rebelde detrás de la oreja como si nada hubiera pasado.

—Supongo que tendremos que guardar eso para después —susurró en el oído de Zane.

Zane fingió tranquilidad, pero su mente seguía atrapada en lo que casi había ocurrido, preguntándose si ese "después" alguna vez llegaría.

Cuando regresaron a la cabaña, el grupo se reunió alrededor del fogón para tostar malvaviscos y terminarse las cervezas. Zane miró de reojo a Star. El suave resplandor del fuego iluminaba las curvas de su rostro, y Zane sintió un calor que no tenía nada que ver con las llamas.

Pensó para sí mismo lo increíblemente afortunado que era de estar ahí. Sacó su malvavisco chamuscado del fuego, lo colocó sobre una galleta Graham con chocolate y le dio un mordisco al s'more. Estaba dulce y delicioso, el final perfecto para un día perfecto. Deseó con todo su corazón que el resto del verano fuera igual de especial.

CAPÍTULO TRES

En pocas semanas, Zane se había convertido en todo un profesional. Podía hacerlo todo: asar, voltear, freír y cobrar pedidos. Encajaba perfectamente. Había llegado a conocer, y a agradarle, a todo el personal de Snaxtime. Pero Star, Dexter y Jake eran más que colegas; se habían vuelto muy cercanos.

Era solo una noche regular de miércoles, y el grupo estaba terminando sus turnos. Jake tenía el día libre, y Marjorie estaba encerrada en su oficina, haciendo lo que sea que hacen los gerentes.

Dexter estaba limpiando la estación de café cuando una jarra de descafeinado se deslizó del mostrador y se rompió en el suelo. El café salpicó por todas partes.

—¡Oh, crap! —exclamó.

—¡Uf! ¿Necesitas ayuda con eso, Dex? —ofreció Zane.

—Nah, yo me encargo —suspiró Dexter—. Bueno, en realidad, ¿podrías agarrarme una caja de filtros de café del sótano?

—Claro.

Zane bajó las escaleras y encendió la luz. Las estanterías estaban llenas de suministros desordenados.

—¿Dónde están, filtros?

Pero tan pronto como entró en el cuarto, algo se sintió extraño. Era como si las paredes se cerraran sobre él, deformándose y cambiando de forma. Una oleada de mareo lo golpeó con fuerza, y sus brazos y piernas se sintieron pesados, como si estuvieran hechos de plomo.

Vio un gabinete de metal contra la pared del fondo. Parecía llamarlo. Aunque se sentía débil y con náuseas, necesitaba saber qué había dentro.

Un zumbido estático llenó sus oídos. A través del ruido blanco, escuchó un sonido áspero, constante y rítmico, como si alguien estuviera respirando.

Las luces se apagaron.

En la oscuridad, Zane encontró el gabinete. Se abrió con un clic. Metió la mano y cerró los dedos alrededor de un objeto duro y grueso. Lo tomó y se giró hacia la salida.

Zane subió las escaleras a trompicones, con las piernas temblorosas. Al salir a la luz, respiró aire fresco con desesperación.

Todo estaba borroso. *¿Qué acaba de pasar?*

Zane encontró a Star leyendo un libro de bolsillo en la sala de descanso. Al verla, casi se olvidó por completo del sótano. Era tan bonita.

—Holi —dijo Zane, tratando de sonar casual—. ¿Qué estás leyendo?

Star levantó la vista de su libro y sonrió. —Es una biografía de Tammy Faye Bakker.

—¿Quién?

—¡Eh, solo la más badass bitch de la historia! Era una televangelista súper atrevida que construyó un enorme ministerio de televisión con su esposo. Cuando él quedó atrapado en un escándalo y fue a prisión, eso no la detuvo. Era, tipo, súper resiliente y se mantuvo completamente dedicada a su misión, todo mientras lucía un delineado matador y pestañas de impacto. Iconic.

—Oh, wow, nunca había oído de ella. Qué cool. No sabía que estabas metida en lo de Jesús y todo eso.

—Tipo, definitivamente no. Pero igual creo que hay algo muy poderoso en mantener tu fe, incluso cuando el mundo está en tu contra —respondió, cerrando su libro—. ¿Y tú? ¿Qué estás leyendo?

—¿Eh?

—Ese libro grande que tienes en las manos.

Zane miró hacia abajo, desconcertado. En efecto, estaba sosteniendo un libro. Era viejo y encuadernado en cuero.

—No lo sé. Estaba bajando al sótano y me sentí mareado y… lo siguiente que supe… ya estaba aquí contigo.

Dexter entró de golpe.

—Oye, Zane, ¿tienes los filtros?

Zane frunció el ceño mirando el libro. —Eh, no. Supongo que encontré esto en su lugar. Se me fue por completo. Esto es tan raro. Juraría que agarré los filtros. De hecho, ni siquiera recuerdo haber bajado al sótano.

—Whoa, ¿qué es esto? —Dexter tomó el libro de las manos de Zane y leyó la contraportada interior—. *Propiedad de Harold Snaxton.*

Los ojos de Star se abrieron como platos. —¡Shut up! ¡Déjame ver eso! —le arrebató el libro de las manos a Dexter—. ¡Harold Snaxton fundó Snaxtime! ¡Es prácticamente una leyenda!

—¿Qué hay dentro? ¿Sus recetas originales? —Dexter comenzaba a emocionarse; le gustaba creerse un chef de primera, especialmente cuando se trataba de comida frita.

Star hojeó las páginas. —Oh my God, sí tiene un montón de recetas. Esto será divertidísimo. ¡Tenemos que hacer una!

Zane miró por encima de su hombro. —No son solo recetas. Mira estos dibujos y todas esas notas escritas a mano por todas partes. ¿Es eso... poesía?

Dexter señaló un diagrama de un hot dog siendo inyectado con queso. —¡Ah, mira! ¡El nacimiento del primer cheese dog, el eslabón perdido en la evolución gastronómica!

Absorta, Star pasó la página. —Sí, esto es mucho más que un libro de cocina —dijo, sin poder creer lo que estaba leyendo—. Es una ventana a una de las mentes más brillantes de América. Harold Snaxton prácticamente inventó la comida rápida

Llegó a una página titulada *Snaxton's Special Sauce*. La receta prometía ser irresistible y adictiva. —Hagamos esta —exclamó Star—. Tiene unas instrucciones raras, pero parece lo suficientemente fácil, y podemos hacerla ahora antes de cerrar. O sea, ¿por qué no?

El trío se lanzó de cabeza a su espontánea aventura culinaria. Como cazadores de tesoros, desenterraron cada ingrediente raro requerido de la bien surtida cocina. La misteriosa receta incluía más de 20 ingredientes: básicos comunes como catsup, mayonesa y mostaza; sabores más exóticos como paprika ahumada y salsa de soya; y rarezas, como un chorrito de jugo de pepinillos, una cucharada de mermelada de uva e incluso un par de salpicadas de root beer.

Uno a uno, midieron cada ingrediente y lo añadieron a la sartén. Comenzó a hervir a fuego lento.

Agregaron la cantidad indicada de jugo de pepinillos y mermelada. El root beer burbujeó y crujió al verterlo. El aroma era dulce y terroso.

Siguiendo las instrucciones, Star revolvió la salsa con una cuchara de madera grande exactamente trece veces. Las burbujas se hicieron más perezosas mientras la salsa se espesaba y se transformaba en una mezcla rica y aterciopelada.

Star señaló la receta. —Dice que tenemos que decir estas palabras extrañas.

—¿Como un hechizo? —preguntó Dexter.

Ella se encogió de hombros. —O sea, ya llegamos hasta aquí, ¿no?

Juntos leyeron en voz alta lo que decía la página:

—*Vexna pyrone zendu.*

La salsa hirvió con furia durante varios segundos antes de estallar en una ráfaga de chispas ardientes. Se calmó tan rápido como había comenzado.

—Eh, ¿se supone que eso debía pasar? —preguntó Zane.

—Tu suposición es tan buena como la mía. ¿Listos para probarla? —preguntó Star, extendiendo una cucharada en su mano.

Zane dudó. —¿Con qué la probamos?

—Dame un segundo —dijo Dexter, encendiendo la freidora. Sumergió una canasta de tater tots en el aceite caliente. En cuestión de minutos, estuvieron listos.

Sin perder el ritmo, Dexter agarró un tot caliente y lo sumergió generosamente en la brillante salsa rosada antes de metérselo a la boca.

Sus ojos se abrieron de par en par por la sorpresa, y soltó un chillido de aprobación. —¡WHOA!

Agarró otro puñado de tots y los sumergió uno por uno en la salsa antes de llevárselos a la boca. —Tienen que probar esto —insistió.

Star y Zane probaron con mordiscos cautelosos. El sabor que los recibió era como nada que hubieran experimentado antes. Una mezcla perfecta de dulce, ácido y salado, la salsa se deslizaba por sus paladares en un tango tentador. Y una vez que el baile comenzó, no pudieron detenerse. Cada bocado amplificaba su deseo de más. Devoraron los tots como si estuvieran bajo un hechizo.

Con los dedos goteando salsa, dejaron de lado cualquier muestra de buenos modales. Sorbían y lamían los restos de sus dedos como bestias hambrientas.

Al quedarse sin tots a la vista, cocinaron más cosas para acompañar la salsa. La rociaron sobre nuggets de pollo crujientes, un sándwich de pescado empanizado y un cheese dog. Incluso se atrevieron a sumergir una dona glaseada en ella. Bajo la influencia del elíxir, el dulce panecillo floreció con nuevos y brillantes sabores.

—¿Hay algo que esta salsa no mejore? —se maravilló Zane, terminándose su dona.

—Es como una poción mágica que hace que todo sepa a gloria —dijo Star, sumergiendo un dedo en la sartén y llevándoselo a la boca, chupando la salsa con placer.

Incluso con los estómagos llenos, no podían resistirse. La salsa era, sin duda, algo especial.

—Oh my God —exclamó Star, en éxtasis—. Tenemos que convencer a Marjorie de agregar esto al menú. La gente, literal, se moriría.

Dexter estuvo de acuerdo de inmediato. —Creo que Marjorie sigue en su oficina —afirmó, empujando su silla hacia atrás para levantarse—. Vamos a presentárselo.

Sus tenis chirriaban contra el piso de linóleo mientras salían corriendo de la cocina rumbo a la oficina de Marjorie. Dexter golpeó la puerta hasta que ella respondió.

—¡Adelante! —se escuchó la voz de Marjorie del otro lado.

Cuando entraron a su oficina, los recibió el suave tecleo de los dedos de Marjorie sobre su teclado.

Dexter carraspeó. —Marjorie, tenemos una idea que queremos discutir contigo.

Marjorie giró en su silla y se recargó hacia atrás. —Adelante, señor Hernández. Lo escucho.

Dexter comenzó: —Bueno, encontramos un montón de estas recetas OG de Snaxtime...

—Y —intervino Star, sosteniendo el diario entre sus manos como si fuera un artefacto invaluable— hicimos una... Harold Snaxton's Special Sauce. Es... Tienes que probarla. Es, literal, adictiva.

—Esta salsa podría ser un total game-changer. Creemos que debería estar en el menú, como una edición limitada o algo así —dijo Zane.

Marjorie tenía sus reservas. Para ella, el restaurante operaba con la precisión de un reloj, cada parte funcionando en perfecta sincronía. Introducir un elemento improvisado y fuera del menú era, desde su perspectiva, como lanzar una llave inglesa en los engranajes. Además, estos chicos parecían estar súper fumados.

—Definitivamente no —afirmó, cruzando los brazos sobre el pecho como si intentara crear una barrera física contra la propuesta—. Esto es un establecimiento franquiciado, no una cocina experimental.

Su mirada austera recorrió los rostros ansiosos frente a ella, una declaración silenciosa pero contundente de que el debate estaba cerrado.

Pero su trío de innovadores no estaba listo para tirar la toalla todavía.

—Pero Marjorie —suplicó Star—, esta no es cualquier salsa. Es de Harold Snaxton en persona, una receta original de Snaxtime.

—¡Sí, y *me encanta!* —añadió Dexter, levantando ambos pulgares.

—Anda, Marjorie, al menos pruébala —insistió Zane—. No te estaríamos molestando si no fuera algo loco.

—*Loco* no es precisamente lo que buscamos en Snaxtime. Y no puedo simplemente hacer cambios al menú por capricho —respondió Marjorie—. Pero debo admitir que me han intrigado... Déjenme probar esta salsa mágica.

Dexter salió disparado de la oficina. En un abrir y cerrar de ojos, regresó con una canasta de Cheesy Stix calientes y crujientes, generosamente bañados con su recién creada salsa. La colocó frente a una Marjorie escéptica.

—Más vale que esto sea bueno —dijo Marjorie, tomando un Cheesy Stix y examinándolo antes de darle un mordisco cauteloso.

Su reticencia fue reemplazada por deleite, y luego por asombro.

Tomó otro Cheesy Stix, y luego otro. El sabor era demasiado irresistible, demasiado tentador para detenerse. La salsa era un triunfo, una auténtica sensación, y Marjorie no tuvo más opción que ceder.

—Está bien —suspiró, limpiándose un poco de salsa de los labios y lamiéndola de su dedo—. La probaremos durante el turno de almuerzo de mañana. Pero primero lo primero, pónganla en una botella. ¡Me llevaré un poco a casa!

Esa noche, la salsa especial se coló en sus sueños.

Star soñó que la salsa era el ingrediente clave en una nueva línea de productos de lujo para el cuidado personal. Se bañaba en ella, cubriendo su piel con la espesa salsa rosada. Se lavaba el cabello con ella, mientras su dulce perfume inundaba sus sentidos al enjabonarla entre sus mechones. Se aplicaba un labial hecho con la salsa. El sabor era irresistible. Lo aplicaba una y otra vez hasta que quedó reducido a un trozo diminuto. No podía dejar de lamerse y morderse los labios para saborear más.

Cuando Star despertó, sus labios estaban en carne viva y adoloridos.

Dexter se encontraba perdido en un paisaje fantástico donde ríos de salsa fluían entre un escenario de papas fritas gigantes danzando y colinas de hamburguesas. Se lanzó a un río de salsa, tragando grandes bocados del glorioso líquido. Nadó más y más profundo, ahogándose en el sabor intenso.

Despertó jadeando por aire.

Zane soñó con una fuente que brotaba salsa cremosa. Pero, trágicamente, era un prisionero, encadenado justo fuera de su alcance. La proximidad se volvía tortuosa al no poder disfrutar de su caudal generoso. Desesperado, extendía la lengua, intentando atrapar siquiera una gota.

Despertó con la boca seca, su anhelo por la salsa aún insatisfecho.

Incluso Marjorie quedó atrapada en un sueño extraño. Era una concursante en una retorcida versión de *Iron Chef*, donde la Snaxton's Special Sauce era el ingrediente principal. Pero, a medida que la competencia se intensificaba, la pesadilla tomó un giro más oscuro: Marjorie se convirtió en parte del platillo, hirviendo impotente en un enorme caldero lleno de salsa, mientras unos jueces gigantes en forma de hot dogs parlantes la rodeaban, criticando su sabor.

Despertó empapada en sudor.

Las febriles pesadillas resultaron en una mañana brutal; estaban agotados, débiles y en agonía, como si lidiaran con la peor cruda del mundo. Sin embargo, siguieron adelante mientras se preparaban para trabajar. Más que nada, deseaban con desesperación más salsa.

Marjorie estaba esperando en la puerta principal cuando Zane, Star y Dexter llegaron a Snaxtime justo antes del amanecer.

—¡Llegan tarde! —ladró. Su tono era cortante e impaciente, muy distinto a su habitual actitud alegre.

Ninguno de ellos se sentía del todo como ellos mismos. La irritabilidad los afectaba a todos.

—¡Manos a la obra, rápido! —dijo Marjorie, aplaudiendo. El sonido seco los hizo estremecerse—. Tenemos salsa que preparar.

Entraron arrastrando los pies sin protestar y se pusieron a trabajar. A diferencia de su anterior sesión de preparación de salsa, esta se sentía tensa y caótica. Marjorie los vigilaba como una sargento implacable.

Cuando Jake llegó, los encontró en medio de un frenesí de preparación de salsa, con pinta de haber luchado contra el insomnio toda la noche.

—Eh, ¿me perdí la fiesta anoche? Se ven fatal y están medio shady.

—Uy, nadie te pidió tus opiniones tontas, Jake —espetó Star.

Todos lo fulminaron con la mirada.

Jake levantó las manos en defensa. —¡Whoa, buenos días para ti también!

Marjorie remató con un ataque feroz: —Te llamaría un pedazo de basura, pero eso sería un insulto para la porquería.

Jake soltó un jadeo.

—*Oh my!* —exclamó Marjorie, llevándose las manos al pecho en un momento de claridad—. Lo siento mucho, Jake, no sé qué me pasó.

La confusión de Jake era evidente. —¿Qué está pasando aquí? Me tomo un día libre y, ¿ya los cambiaron por clones o qué onda?

A medida que el aroma se elevaba desde la mezcla que hervía a fuego lento, un hechizo embriagador cayó sobre ellos. Star, Dexter, Zane y Marjorie se apiñaron alrededor de la estufa como zombis, con la baba escurriéndoles de la boca.

Una vez más, recitaron las palabras del libro:

—*Vexna pyrone zendu.*

La salsa chispeó y burbujeó.

Jake retrocedió de un salto. —¡¿Qué demonios?!

Pero ellos permanecieron hipnotizados. El mundo se desvaneció hasta que solo quedaron ellos y la olla de tentación.

Dexter sumergió un dedo para probarla, el sabor inundando sus sentidos con euforia. —¡Está lista!

Jake los miró incrédulo. —¡Carnal, acabas de meter tu dedo ahí! Eso es *definitivamente* una violación del código de salud.

Todos lo ignoraron y se lanzaron como animales hambrientos.

—¿Eh, chicos?

Star se abalanzó sobre él y le metió un tater tot cubierto de salsa en la boca. Con un solo bocado fue suficiente: la confusión de Jake se desmoronó y sus ojos se vidriaron. Estaba enganchado. —¿Cómo puedo ayudar?

—¡Saca ese cel y cuéntaselo al mundo! —ordenó Marjorie.

Jake, quien tenía un enorme número de seguidores en redes sociales, se grabó sin camiseta para la causa, sabiendo que así generaría más interés. Sumergió un Jalapeño Hot Bite en la salsa y se lo metió provocativamente a la boca, dejando que un poco de salsa escurriera por su pecho.

—¡DAY-UM! —proclamó mientras se limpiaba la salsa del cuerpo y la llevaba a sus labios—. Acabamos de descubrir la receta ORIGINAL de esta salsa BRUTAL en Snaxtime, y está ON FIRE.

Se comió otro popper y añadió: —En serio, no puedo parar. TIENEN que probarla. Vengan hoy mismo a degustarla, ¡solo aquí, en el único e inigualable OG Snaxtime en Paradise Falls!

Jake estaba desvariando, hablando rápido, frenético, colocado por la salsa. Sus ojos estaban completamente dilatados y desorbitados, como si estuviera bajo algo más fuerte que solo un condimento. Pero sus fans probablemente ni siquiera lo notarían; estarían demasiado enfocados en sus abdominales.

Su publicación se volvió viral en un abrir y cerrar de ojos.

Marjorie introdujo al resto del personal matutino conforme iban llegando, dándoles una probada de la salsa y las instrucciones para el lanzamiento del nuevo producto. Tal como se esperaba, todos estuvieron de acuerdo.

Así fue como la Limited Edition Snaxton's Special Sauce se presentó con orgullo, promocionada como la receta secreta original del legendario fundador de Snaxtime.

Una pequeña multitud se reunió mientras los clientes se empujaban para encontrar posición y conseguir una muestra de la salsa. Murmullos emocionados recorrían la fila.

El equipo observaba con deleite cómo cada cliente probaba su primer bocado. Los ojos se abrían de par en par, las caras se sonrojaban y se escuchaban gemidos de placer.

No pasó mucho tiempo antes de que la fila rodeara el edificio y se extendiera hasta el estacionamiento. Los clientes lamían sus botecitos hasta dejarlos limpios y luego volvían a formarse para pedir más.

El sabor cautivó tanto a niños como a adultos, con una paleta hipnótica de dulce, ácido y salado que deslumbró sus papilas gustativas. Las opiniones fueron unánimes:

—¡Nunca he probado algo así!

—¡Dios mío, esta salsa es el cielo!

—¡Esto debería ser ilegal!

—¡Necesito un galón de esto, pero ya!

—¡Vendería mi alma por esta salsa!

—¡Dame más!

El equipo había encontrado oro, y la noticia se esparció rápidamente. El brillo de la salsa atrajo a multitudes de cerca y de lejos, todos ansiosos por experimentar la maravilla de la receta secreta de Snaxton. Por ahora, era la estrella indiscutible de Paradise Falls.

Sin embargo, la alegría inicial de su éxito se transformó en algo menos agradable. Pronto se convirtió en histeria. La cocina estaba bajo asedio, sepultada bajo una avalancha de demandas.

Los ingredientes se mezclaban apresuradamente para intentar mantener el ritmo. Trabajaron sin descanso, pero sus esfuerzos fueron devorados por el apetito monstruoso de las masas, que seguían regresando por más. Los ingredientes, antes abundantes, desaparecían a un ritmo alarmante.

—¡Necesitamos más salsa! —gritó Marjorie desde el frente.

—Oh, no —gimió Dexter.

Atrapado en el torbellino de freír y preparar salsa, Zane se giró hacia él bruscamente. —¿Oh, no qué?

Dexter levantó un frasco vacío de mermelada de uva. Lo inevitable finalmente había ocurrido. Un ingrediente crucial se había terminado.

Star propuso una solución. —Usen mermelada de fresa. De esa tenemos bastante.

Desesperados por mantener la situación bajo control, sustituyeron la mermelada de uva por la de fresa. El sabor era muy parecido al original, casi indistinguible.

Pero en lugar de calmar a la multitud hambrienta de salsa, la receta alterada solo avivó las llamas de la frustración. No tenía el mismo efecto mágico y potente. Un murmullo de descontento recorrió el restaurante.

Un hombre se acercó al mostrador con su bandeja de comida. Su rostro estaba deformado por la ira. —¿Qué es *esto*? ¡Esta no es la misma salsa! ¡Es una MIERDA!

—Señor, lamentamos mucho el inconveniente, pero...

El hombre le lanzó la bandeja a Marjorie. La multitud soltó un grito ahogado cuando la comida y la salsa se estrellaron contra todo su cuerpo y su cara.

Se desató una pelea de comida en toda regla. Los clientes comenzaron a lanzarse sus comidas y la salsa falsa entre ellos, convirtiendo el restaurante en un caos total.

—¡Se acabó, todos AFUERA! —gritó Marjorie mientras jalaba la alarma de incendio—. ¡Snaxtime está CERRADO!

Los clientes fueron obligados a salir del comedor, y Jake cerró las puertas con llave detrás de ellos. Aun así, la multitud seguía gritando y golpeando el cristal desde afuera.

Había comida por todas partes.

—Esto fue un poco demasiado extra —admitió Star.

Dexter se dejó caer en una cabina. —No creo que la mermelada de fresa haya sido un éxito.

Jake miró su teléfono, con el rostro poniéndose más pálido con cada desliz. Los comentarios negativos inundaban sus publicaciones y su número de seguidores caía en picada. —¡Oh, no, no, no!

—¿Qué onda, carnal? —preguntó Zane, notando el pánico en los ojos de Jake.

—¡Esa salsa me arruinó! ¡Acabo de perder diez mil seguidores! ¡Nunca voy a recuperarme de esto! ¡Y ni se te ocurra mencionar ese estúpido libro de recetas otra vez! —Jake se quitó la gorra de un tirón y se fue furioso hacia la parte trasera.

—Exactamente por eso dije que se apegaran al menú. Recuérdenlo la próxima vez que quieran experimentar. Ahora, devuelvan ese libro tonto a donde lo encontraron —dijo Marjorie mientras sacaba una rodaja de pepinillo de su cabello—. Vamos a devolver este lugar a la normalidad.

A pesar del fiasco con la salsa y el rechazo de Jake y Marjorie al libro, Zane, Star y Dexter seguían ansiosos por profundizar en el diario. Lo leían en secreto cada vez que podían. Entre sus páginas, Harold Snaxton surgía como un personaje misterioso. El ícono de Snaxtime se revelaba como una figura con muchas capas.

Snaxton tenía un gusto por lo extraño y lo inusual. Más que simples recetas, el libro estaba repleto de relatos sobre rituales peculiares y prácticas que rozaban lo oculto.

Las páginas del diario eran una fusión de ciencia, magia y gastronomía. Había mapas estelares y calendarios lunares vinculados a diferentes recetas, como el *Pastel de Carne a la Luz de la Luna* y la *Cazuela Cósmica de Pollo*. Había diagramas de las primeras máquinas alquímicas para sodas y freidoras. Había una receta para un batido de amor que incluía agua de rosas y una lata de sardinas. Incluso había un ritual de sacrificio para perder peso que requería un hocico de cerdo.

Todo dibujaba el retrato de un hombre que abrazaba lo desconocido. Para Harold, lo sobrenatural era el ingrediente secreto en su gran receta para el éxito.

Una noche, después del horario laboral, Zane, Star y Dexter se reunieron en el sótano del restaurante. Cajas de suministros, vasos de plástico y latas gigantes de catsup, pepinillos y salsa de queso estaban apiladas hasta el techo. Una rejilla de ventilación soplaba aire fresco en la habitación. Este era el escenario para la próxima exploración del trío en el mundo de Harold Snaxton.

Se agruparon alrededor del diario.

Los lentes de Dexter tambalearon al borde de su nariz.

—Miren esto, una receta para un "Bizcocho de Medianoche" —dijo, y luego sonrió mirando a Star—. Oye, ¿no es así como te llaman después de tres margaritas?

Ella le dio un codazo en las costillas. — Te estás pasando, amiguito. *Todo* el mundo sabe que soy de vodka.

Mientras seguían explorando el diario, Zane reflexionó en voz alta: —¿Ustedes creen que los experimentos mágicos de comida de Harold podrían ser la razón por la que Snaxtime es tan exitoso?

Dexter se quedó pensando. —Sí, totalmente. Esa salsa no era solo súper... era *supernatural*.

Star añadió: —Eso explicaría mi obsesión total con sus Chicken Nibbles y miel mostaza. —Pasó unas páginas—. Chicos, este diario no se trata solo de hacer comida adictiva. Se trata de aprovechar magia real. Piensen en esto: ¿y si probamos algo más de este libro?

—¿Como qué? —preguntó Dexter.

Star señaló un diseño intrincado. —¡BINGO, este! —dijo, deslizando su dedo sobre las palabras de un encantamiento—. Parece que es algún tipo de ritual de limpieza. Todavía tengo una resaca brutal por todo el drama de la salsa el otro día. Snaxtime necesita, literal, una renovación de energía urgente.

Dexter entrecerró los ojos, mirando la página. —¿Estás segura de esto, Star? No puedo con otro apocalipsis de salsa.

—Ok, lo de la salsa sí se salió un poquito de control, pero esto ni siquiera es una receta. Parece súper sencillo. Solo encendemos una vela y decimos unas palabras. ¿Qué podría salir mal? ¿Que invoquemos al Hombre de Malvavisco de *Los cazafantasmas*?

Dexter se encogió de hombros. —Amo los malvaviscos. Va, ¿por qué no?

Star se giró hacia Zane. —Has estado callado. ¿Listo para unirte a nuestro aquelarre?

Zane luchaba visiblemente con la propuesta. Algo no le cuadraba. —Tal vez Jake tenía razón sobre no querer tener nada que ver con este libro. Todo lo de la salsa se salió completamente de control. Creo que paso esta vez.

La expresión de Star cambió. —¿En serio? Justo cuando pensaba que eras aventurero.

—Yo... simplemente no me late. Perdón. —Zane era muy consciente de la decepción de sus amigos, pero algo dentro de él le estaba enviando señales de alarma.

—¿Hablas en serio ahora mismo? —Star se acercó a él, tomando sus manos entre las suyas. Usó su voz más persuasiva y batió sus largas pestañas para convencerlo—. Significaría muchísimo para mí que te unieras a nosotros.

Zane no pudo evitar sonreír ante su encantadora ofensiva.

—Está bien, de acuerdo.

Con el consenso alcanzado, Star dio unas palmadas emocionada. Se prepararon para el ritual. Siguiendo las instrucciones, vertieron un círculo de sal en el suelo. Los granos crujían bajo sus zapatos.

Apagaron las luces. En el centro de su círculo, colocaron el libro abierto y encendieron una sola vela.

Se tomaron de las manos y comenzaron la invocación. Las palabras estaban escritas en una elegante y fluida caligrafía. Era un idioma que no reconocían, las sílabas eran extrañas y ajenas en sus lenguas. —*Zu-vin solas... Zu-vin solas...*

Las sílabas alienígenas llenaron la habitación fría.

♦

En lo más profundo del subsuelo, una tumba intacta por la luz del día tembló.

♦

Mientras el trío continuaba, su recitación ganaba fuerza. —*Zu-vin solas... Zu-vin solas...* —El canto se desplegaba en un ritmo instintivo.

♦

Dentro de un sarcófago adornado con joyas, algo respondió a su invocación. Un leve jadeo atravesó el aire estancado. Su antiguo ocupante, despertado de un profundo y largo letargo, comenzó a moverse.

♦

Un intenso rayo de energía atravesó a Zane. Sobresaltado, soltó las manos de sus amigos.

La vela se apagó, sumiéndolos en la oscuridad. El silencio llenó la habitación, interrumpido solo por sus respiraciones temblorosas. Parecía que el ritual había fallado.

—¿Qué fue eso, Zane? ¿Por qué soltaste? —La voz de Star atravesó la oscuridad, teñida de irritación, mientras encendía la linterna de su celular.

Zane seguía recuperándose. —¿No sintieron eso? Fue como... una descarga eléctrica... Me atravesó.

Star y Dexter negaron con la cabeza. Zane simplemente se encogió de hombros. Sabía que había metido la pata, pero nunca había sentido algo así antes.

Decepcionados, limpiaron las evidencias de su experimento fallido y regresaron al piso de arriba para terminar de cerrar por la noche.

A la pequeña Donna-Jo le desagradaba ir a la iglesia todos los domingos con su familia, pero sabía que eso significaba ir a Snaxtime después. La promesa de un Kid's Time Meal, especialmente la hamburguesa, su favorita, y el tan esperado juguete hacían que la rutina dominical fuera más llevadera.

Hoy no fue diferente. Había soportado pacientemente otro servicio en otro vestido que picaba, y ahora era momento de darse un festín. No podía esperar a ver qué había dentro mientras abría su caja de comida.

Donna-Jo tenía la esperanza de encontrar a Donut Kitty, el último peluche que necesitaba para completar su colección. Pero cuando metió la mano en la caja, sacó un miserable paquete de tres crayones. Decepcionada, pero con hambre, mordió un tater tot. Estaba frío y pastoso.

Pasó a la hamburguesa. La desenvolvió y le dio un gran mordisco lleno de entusiasmo. Pero el sabor era asqueroso, y su nariz se arrugó ante un olor fuchi. Miró el sándwich en sus manos. La escena era espeluznante: ¡la carne estaba de un gris verdoso y plagada de gruesos y jugosos gusanos! La escupió, gritó y rompió en llanto.

El caos estalló cuando más clientes descubrieron carne podrida en sus comidas. Algunos salieron corriendo hacia los baños, sujetándose el estómago, mientras que otros vomitaron ahí mismo en el comedor. Una multitud furiosa se congregó en el mostrador, gritando con disgusto.

—¿Qué demonios está pasando con la carne? —gritó Marjorie hacia la cocina.

Chucky, un adolescente lleno de granos, asomó la cabeza desde detrás de la parrilla. —No lo sé, señora... ¡Le juro que se veía bien!

—Pues algo no está bien. ¡Ve a revisar el refrigerador!

Chucky corrió hacia la parte trasera para investigar. El refrigerador funcionaba perfectamente y la carne no estaba caducada, pero el hedor a podredumbre lo golpeó de lleno. Había gusanos retorciéndose por todas partes. El pobre chico dio un vistazo, sus ojos se pusieron en blanco y cayó como un saco de papas.

Era algo que desafiaba toda lógica, como si fueran víctimas de una broma de mal gusto. El personal trabajó rápidamente para desechar la comida echada a perder y limpiar el refrigerador.

Un desastre como este podría llevar a un cierre permanente y arruinar la reputación de Snaxtime para siempre. Marjorie se apresuró a calmar a los clientes enfurecidos, ofreciendo disculpas, reembolsos y tarjetas de regalo.

Una vez más, cerraron el restaurante por el resto del día.

Snaxtime permaneció bajo una nube de desgracias en los días posteriores al inquietante incidente. Marjorie tenía las manos llenas lidiando con una serie de otras anomalías.

Una tarde, ella y Star estaban haciendo el inventario cuando Star se detuvo frente a una fila de cajas llenas de sobres de azúcar. —¡Uy, qué asco, mira esto!

Marjorie se acercó. Los bordes del cartón estaban roídos, y había sobres de azúcar desgarrados por todas partes. —¿Pero qué rayos...?

—Algo se ha estado comiendo todo el azúcar —dijo Star.

Marjorie tomó una de las cajas y la examinó detenidamente. —Parece que tenemos ratas otra vez.

Pasaron la siguiente hora inspeccionando cada rincón del área de almacenamiento, encontrando más señales del misterioso visitante. Las marcas de mordidas en los paquetes de comida y las migajas esparcidas contaban la historia de un huésped no invitado que se había instalado en casa.

Marjorie suspiró y puso las manos en las caderas. —No podemos permitirnos más problemas después de lo del otro día. Llamaré al exterminador a primera hora mañana.

Era tarde por la noche, y el restaurante estaba vacío. Latoya, una dulce mujer mayor que llevaba trabajando en Snaxtime más tiempo del que cualquiera podía recordar, cantaba para sí misma mientras limpiaba la máquina de malteadas.

De repente, la licuadora se volvió loca. El collar de cruz de plata de Latoya quedó atrapado en las cuchillas giratorias de metal, tirándola hacia la maquinaria trituradora.

—¡SOCORRO! —gritó Latoya con la voz ahogada mientras la cadena se apretaba alrededor de su cuello.

Jake y Dexter corrieron hacia ella. La máquina tiraba con más fuerza, y la cadena se incrustaba en su cuello. Jake tomó un cuchillo del mostrador y la liberó. Latoya cayó hacia atrás, sujetándose el cuello mientras chocaba contra la pared.

—¡Dios mío! ¿Estás bien? —preguntó Jake, abrazándola.

Ella asintió, pero estaba visiblemente alterada.

Dexter desenchufó la máquina, pero el motor no se detuvo. La batidora empezó a arrojar un lodo rosa como un géiser.

Luego, toda la cocina se descontroló. El lavavajillas retumbó, las freidoras chisporrotearon y burbujearon, y la máquina de refrescos disparó chorros por toda la habitación.

—Nop, nop, nop —murmuró Dexter, entrando en pánico.

—¡Señor Jesús! —exclamó Latoya mientras los chicos se acurrucaban a su alrededor.

Las luces parpadearon, las máquinas pitaron, zumbaban y resonaban. Toda la cocina parecía a punto de explotar.

Tan rápido como empezó, todo quedó en silencio. Las luces se estabilizaron y las máquinas se apagaron.

Jake se pasó una mano por la cara. —Vámonos de aquí, pero YA.

Quizá, para no quedarse atrás, las tuberías decidieron unirse a la serie de eventos desafortunados. Los inodoros se taparon uno tras otro, inundando los baños y dejándolos fuera de servicio.

—Zane, agarra el desatascador y arregla esos baños, ¿quieres? —pidió Marjorie, sacudiendo la cabeza con resignación—. A ver si logras que todo vuelva a fluir.

Zane suspiró, agarrando un desatascador industrial y un trapeador del armario de suministros. Limpiar el cochinero de otros no era parte de sus tareas habituales, pero con tantos empleados renunciando, todos habían estado turnándose.

Comenzó en el baño de hombres, un espacio estrecho con azulejos verde menta. Usó el desatascador en el inodoro sucio del único cubículo. Después de unas cuantas bombas trabajosas, el retrete hizo un gorgoteo y el asqueroso desastre desapareció con un satisfactorio "whoosh". Le dio un tirón extra de la cadena, por si acaso, y luego se dirigió al lavabo para lavarse las manos.

El dispensador de jabón rosa expulsó con un silbido un pegote de espuma floral. Zane frotó sus manos hasta formar una capa burbujeante y las enjuagó bajo el fuerte chorro del lavabo.

De repente, las luces se apagaron.

—¡Muy chistoso, Dexter! —gritó Zane. Pero no hubo respuesta. Esto no era típico de Dexter.

Zane levantó la vista hacia el espejo. En la oscuridad absoluta, un par de ojos azul hielo resplandecientes se materializó, flotando, desprovistos de cuerpo.

La boca de Zane se abrió para gritar, pero no salió ningún sonido.

Las luces parpadearon y se encendieron de nuevo. Zane parpadeó con fuerza. Su corazón latía con fuerza. Los orbes fantasmales habían desaparecido, dejando solo su propio reflejo, con los ojos desorbitados y asustados, mirándolo de vuelta.

Las especulaciones se descontrolaron, y los comentarios medio en broma sobre una "maldición de Snaxtime" se convirtieron en un tema recurrente. A medida que pasaban los días y seguían ocurriendo cosas malas, el trío no podía sacarse de la cabeza una pregunta inquietante: ¿habían desatado algo en el sótano que no entendían?

La inevitabilidad de volver a realizar el ritual flotaba en el aire.

Era viernes por la noche, y Star, Dexter y Zane estaban solos después de terminar con sus tareas de cierre.

—O sea, en serio, chicos —comenzó Star—. Creo que repetir el ritual... —Lanzó una mirada a Zane—. Ya saben, ese que como que arruinaste la vez pasada, podría literalmente resetear todo.

—Nop. Ni en tus sueños, compa —protestó Dexter—. La última vez que hicimos eso, básicamente entramos al universo de *El conjuro*.

—Miren, he pasado horas estudiando esto —dijo Star, agarrando con fuerza el diario—. Y estoy, tipo, bastante segura de que si solo seguimos las instrucciones exactamente como están y no rompemos el círculo esta vez...

—le lanzó una mirada directa a Zane—, todo volverá a la normalidad.

—Las cosas sí empezaron a ponerse raras después de que me rajé la última vez —suspiró Zane—. Supongo... No veo otra opción. Hagámoslo de nuevo.

En minoría, Dexter levantó las manos en señal de rendición.

—Está bien, ¿cuándo lo hacemos?

Star se encogió de hombros. —Bueno, yo no tengo nada que hacer ahora, ¿y tú?

Bajaron nuevamente al sótano y se prepararon para su segunda actuación. Sentados dentro del círculo de sal y con el diario abierto frente a ellos, comenzaron el ritual otra vez. Esta vez, Zane no dejaría que el miedo lo echara a perder.

—*Zu-vin solas... Zu-vin solas...*

Mientras el canto fluía de sus labios, un cambio extraño barrió el sótano. El aire polvoriento se volvió denso y frío. Sus alientos salían en visibles nubes heladas. Zane juró que el piso de concreto se ondulaba bajo ellos.

A la mitad del conjuro, el mismo intenso rayo de energía atravesó el cuerpo de Zane. Sus músculos se tensaron contra la descarga. Apretó los dientes, decidido a no romper el círculo otra vez. No iba a fallarle a sus amigos.

—*Zu-vin solas... Zu-vin solas...*

Sus voces se elevaron al unísono, las palabras del canto intensificándose. Con un último grito desesperado, completaron el conjuro.

La habitación quedó en silencio.

Contuvieron la respiración, esperando cualquier señal de que su ritual había funcionado.

Y entonces lo escucharon.

—Me han invocado. He regresado.

CAPÍTULO CUATRO

Paradise Falls, un lugar acertadamente llamado un pedazo de cielo o infierno, según a quién le preguntaras, era hogar de un club para caballeros llamado "Kitten Heels". Ubicado en el corazón iluminado por neones del centro, se escondía detrás de ventanas oscurecidas y un exterior sencillo. Para los desesperados, este era el lugar donde estar.

Adentro, las chicas se deslizaban alrededor de los tubos bajo luces rosas y azules, sus sombras moviéndose sensualmente sobre la alfombra mugrienta. El aire apestaba a sudor, licor barato y malas decisiones.

La crisis de la mediana edad de Ronny se había extendido demasiado tiempo. Otra noche típica lo encontró desplomado sobre la barra, con la mirada vidriosa tras demasiados whiskeys. Su panza se desbordaba de su camisa medio metida. Unos lentes torcidos y un bigote descuidado completaban el cuadro.

Con un vaso vacío en la mano, se perdió en una canción de rock de los 80. Reconocía la melodía, pero no recordaba el nombre. Su teléfono vibró: un mensaje de texto de su esposa con la pregunta de siempre. Lo ignoró y le hizo una seña al bartender.

—Otro doble —balbuceó Ronny.

La bartender era una mujer mayor con un peinado de colmena decolorado, sombra de ojos morada y cejas dibujadas. —Esta es tu última ronda —dijo con voz ronca mientras le servía un whiskey—. Ya fue suficiente por hoy, Ronny.

—La fiesta apenas empieza, Marlene —arrastró Ronny, desviando su atención hacia una curvilínea mesera de cócteles con rizos negros saltarines. Sus tacones rojos dejaban pequeñas marcas en la alfombra mientras se contoneaba al pasar.

—¿Cuándo sales del trabajo, preciosa? —Ronny le dio una palmada en el trasero.

—En tus sueños, imbécil. —Su respuesta fue tajante. Las dos mujeres intercambiaron una mirada cómplice que dejó a Ronny sintiéndose mucho menos engreído.

Ronny se giró de nuevo hacia la bartender. —De todos modos, no es mi tipo. Me gustan las rubias —declaró, lanzándole a Marlene un beso exagerado con los labios fruncidos.

Ella negó con la cabeza. —Eres todo un galán, Ronny. —Se alejó hacia el otro extremo de la barra para atender a otros clientes.

—Bueno, necesito un cigarro —declaró Ronny, aunque nadie lo estaba escuchando. Levantarse del taburete de la barra fue todo un desafío. Sus piernas, tambaleantes por la avalancha de alcohol, casi lo traicionaron. Con un gruñido, logró mantenerse en pie y se tambaleó hacia la salida trasera.

El callejón detrás de Kitten Heels era angosto y estaba lleno de basura y grafitis. Los sonidos de sirenas y autos llegaban desde la distancia. Vapor silbaba desde una alcantarilla. Una luz verde sobre ella hacía que el humo que salía pareciera gas tóxico.

Ronny torpemente sacó un cigarro de su cajetilla. Se lo puso entre los labios y buscó en sus bolsillos un encendedor.

De repente, un hermoso y melódico tarareo captó su atención. Ronny se congeló, hipnotizado por la melodía.

Del vapor emergió una mujer deslumbrante. Llevaba un ajustado vestido de cuero negro y medias de red. Su cabello largo era sedoso y negro.

El cigarro cayó de la boca abierta de Ronny al suelo. Se inclinó para recogerlo. Cuando levantó la cabeza, la mujer estaba, de alguna manera, justo frente a él. Lo miraba fijamente con unos penetrantes ojos azules.

Se levantó lentamente, sin apartar la mirada de la misteriosa mujer. Tragó saliva. —¿Tienes fuego?

Ella chasqueó el dedo, y una llama brotó de su uña roja, encendiendo el cigarro de Ronny.

—Vaya —exclamó él—. ¿Qué hace una chica como tú en un lugar como este? Por favor dime que vas a bailar esta noche. —Dio una larga calada.

Antes de que pudiera exhalar, ella extendió la mano y lo agarró por la camisa. Lo jaló hacia ella y le succionó el humo de la boca con pasión, sin apartar la mirada de sus ojos. La mujer exhaló el humo de vuelta en su cara y sonrió. Su sonrisa se ensanchó, revelando filas de dientes puntiagudos.

Una sirena de policía cercana ahogó los gritos de Ronny mientras ella lo destrozaba. El cigarro encendido cayó de sus dedos mientras su cuerpo se sacudía violentamente en el agarre de la mujer. El espantoso sonido de huesos crujiendo llenó el desolado callejón.

Cuando la sirena se desvaneció en la distancia, la mujer soltó a Ronny. Lo poco que quedaba de su cuerpo sin vida se desplomó en el suelo, reducido a un montón ensangrentado.

Ella lamió sus labios relucientes.

La mujer se dio la vuelta, y su silueta desapareció de nuevo entre la niebla.

Y así, Kitten Heels continuó como de costumbre: la música seguía sonando, las chicas bailaban y los clientes bebían, cada uno perdido en su propio mundo de placeres fugaces.

Afuera, sin embargo, la oscuridad acababa de reclamar una víctima, un preludio a la pesadilla que se avecinaba en Paradise Falls.

CAPÍTULO CINCO

Me han invocado. He regresado.

Zane estuvo inquieto toda la noche. Las palabras seguían repitiéndose en su cabeza. Cuando llegó la mañana, una niebla había descendido, cubriéndolo todo.

Cuanto más pensaba en el ritual que habían realizado la noche anterior, más se alteraba. *¿Qué hicimos?*

Una ducha larga no ayudó mucho. Pasó el resto de su rutina matutina sintiéndose tan nublado como el mundo afuera de su ventana.

En la cocina, encendió un viejo televisor portátil que su tío había dejado atrás. Era una reliquia de los años 80 que solo sintonizaba unos cuantos canales locales. Aun así, a Zane le gustaba tener el ruido de fondo mientras desayunaba.

Se sirvió un plato de cereal, pero no tenía mucho apetito. Se sentó a la mesa, mirando fijamente cómo los malvaviscos del cereal teñían la leche de verde.

Una alerta de última hora apareció en la pantalla del televisor:

"...Informando en vivo desde el centro de Paradise Falls, en la escena de uno de tres brutales asesinatos que han dejado a esta comunidad conmocionada. Tres hombres fueron asesinados violentamente anoche, y sus cuerpos fueron encontrados en diferentes lugares de la ciudad, incluyendo aquí en Kitten Heels, un popular club de entretenimiento para adultos. Las autoridades han descrito las escenas como espeluznantes, con los cuerpos de las víctimas parcialmente devorados y destrozados más allá del reconocimiento. Actualmente, no está claro si estos asesinatos están relacionados con los reportes de otros dos hombres de la zona que desaparecieron anoche. La policía insta a los residentes a mantenerse alerta y a reportar cualquier actividad sospechosa. Más información sobre esta historia en desarrollo..."

El estómago de Zane se hundió. ¿Estaba todo conectado? Apartó su desayuno, agarró su patineta y salió corriendo hacia el trabajo. Necesitaba hablar con Star y Dexter.

Zane encontró a sus amigos juntos en la parte trasera de la cocina.

—Te dije que no deberíamos haber hecho ese ritual otra vez —dijo Dexter, moviendo la cabeza. Estaba pálido—. O sea, ¿crees... crees que estos asesinatos tienen algo que ver con eso?

Zane suspiró. —Es demasiada coincidencia.

—Ustedes también oyeron esa voz —dijo Dexter con los ojos desorbitados—. Literalmente *invocamos* algo... algo *malvado*, ¡y ahora tenemos sangre en las manos!

—Okay —Star intentó calmar a Dexter—. No sabemos nada. Sí, todos *pensamos* que escuchamos algo, pero era tarde, estábamos cansados y, sinceramente, ni siquiera sé qué pasó aquí anoche. No asumamos lo peor. Deberíamos volver al libro y buscar respuestas.

—¿Qué parte de INVOCAMOS y MALVADO no entiendes? —Dexter remarcó cada palabra mientras juntaba las manos como si las golpeara.

—Okay, digamos que, tipo, sí "invocamos" algún tipo de "monstruo malvado" o lo que sea... —Star hizo comillas en el aire mientras hablaba—. Entonces tenemos que hacer algo al respecto, ¿no? Si nosotros empezamos esto, tal vez seamos los únicos que podamos detenerlo.

—Oh, my God —gimió Dexter, dándose la vuelta para golpear su cabeza contra la pared—. ¿Por dónde empezaríamos? Esto nos supera por completo.

—Las respuestas están en el diario de Harold Snaxton —dijo Zane con seguridad.

Jake entró en la cocina pavoneándose y mostró una sonrisa radiante. —¿Qué es esa reunión secreta?

—Oh, ya sabes... —Star dudó, sin querer involucrarlo en lo que sea que hubieran desatado, especialmente porque Jake había dejado muy claro que no quería tener nada que ver con el diario—. Dexter solo está hablando de su obsesión con Pokémon... por *millonésima* vez.

Dexter fulminó a Star con la mirada. No había mencionado su colección de Pokémon en semanas.

Jake bajó la voz. —¿Se enteraron de esos asesinatos anoche?

—Sí, bastante retorcido —dijo Zane.

Jake entrecerró los ojos. —Y todas estas cosas raras que han pasado en Snaxtime esta semana... Esperen, no me digan que todavía están jugando con ese libro de recetas, ¿verdad?

—OMG, obvi que no —el acento de niña fresa de Star era más marcado de lo normal—. Es solo Mercurio retrógrado. Siempre es un desastre total.

—¿Mercurio *qué*? —Jake se rascó la nuca. Miró alrededor como si esperara que alguien estuviera escuchando y susurró—. Honestamente, entre nosotros, con todos estos asesinatos... voy a dormir con un ojo abierto, eso seguro.

Dexter, el más pequeño del grupo, miró a Jake. —Wey, estás construido como un tanque. ¿Qué podría asustarte?

Jake flexionó el bíceps. —Ya saben lo que dicen, el chico guapo siempre es el primero en morir.

Star resopló. —Nadie dice eso.

Jake le guiñó un ojo. —Bueno, yo acabo de hacerlo. —Se dio la vuelta y se alejó caminando.

Esperaron a que él estuviera fuera de alcance. —Esta noche —dijo Zane en voz baja—, nos reunimos y resolvemos esto.

Star asintió. —Totalmente. Tenemos, tipo, el futuro de Paradise Falls en nuestras manos.

—O del mundo —añadió Zane.

—Bueno, si lo pones así... —Dexter extendió los brazos alrededor de ellos y los acercó—. No puedo dejar que entren en la historia por salvar al mundo sin mí.

Esa noche, Zane esperó a Star y Dexter en la sala de descanso. En la pared colgaba una foto autografiada de Harold Snaxton. Zane había pasado frente al retrato cientos de veces sin prestarle atención. Pero esa noche, los ojos de Harold parecían vivos, como si lo estuvieran observando.

Zane se acercó. Harold sonreía con los brazos cruzados. Su brillante cabello rojo y su bigote naranja lo hacían parecer una mezcla entre el Coronel Sanders y Ronald McDonald. La firma del fundador, al pie del retrato, estaba escrita con la misma caligrafía cursiva que el diario.

—Okay, volvamos a esto —sugirió Star mientras ella y Dexter entraban juntos al cuarto.

—No puedo esperar a ver qué invocamos esta noche —comentó Dexter.

Con el libro abierto sobre la mesa frente a ellos, se sumergieron de lleno en su búsqueda. El tiempo pasó sin que encontraran nada útil.

Entonces Dexter notó algo nuevo: una página desconocida. —Whoa, ¿qué es esto?

Un dibujo mostraba a una mujer de cabello largo y suelto. A su alrededor, hombres desnudos y sin vida yacían inmóviles. De sus bocas emergieron volutas de algo parecido a espíritus que se arremolinaron en la de ella.

—Eh… ¿cómo es que nunca habíamos visto esto antes? —preguntó Star.

—Es como si hubiera estado escondido —dijo Dexter.

—O como si lo hubiéramos desbloqueado —añadió Zane.

Star miró el texto debajo de la imagen. —Es sobre un demonio... una seductora que usaba su belleza para atrapar a los hombres y robarles el alma.

—Vaya, qué alentador —soltó Dexter con sarcasmo.

—Era deslumbrante —continuó Star—. Tipo, tan increíblemente hermosa que los hombres entregaban sus vidas con tal de echarle un vistazo. Una vez bajo su hechizo, drenaba sus almas, usándolas para alimentar su poder. Su nombre era Demónika, una reina oscura de las profundidades del Infierno.

—*¿Demónika?* —Dexter hizo una mueca—. Suena como algo sacado de una película de serie B de bajo presupuesto.

Pero la realidad de su situación los golpeó como una ola gigante.

—La regamos en grande, ¿verdad? —Dexter, por una vez, no estaba bromeando.

—Sí, la regamos —susurró Star.

Siguieron leyendo, adentrándose en la retorcida historia de un demonio antiguo. Esta entidad era más antigua que la mayoría de los registros más tempranos de la humanidad. Era una fuerza primordial que se deleitaba en el caos y la destrucción. Si despertaba de su profundo sueño, desataría el terror sobre el mundo, a menos que fuera detenida y sellada nuevamente en su tumba.

Un pasaje hablaba de una época, siglos atrás, cuando Paradise Falls fue el campo de batalla contra este implacable demonio:

Días terribles cayeron sobre la aldea de Paradise Falls. Los habitantes, quienes antes eran los pilares firmes de esta comunidad unida, fueron cayendo uno tras otro, víctimas de una fuerza más allá de su comprensión. Las familias quedaron destrozadas, y el pueblo se convirtió en una sombra de su antigua gloria. Este período marcó el ascenso del demonio, iniciando una era plagada de caos, pero también de cambios significativos.

Sin embargo, esta fase de oscuridad no estaba destinada a durar. Un ritual del destierro puso fin al dominio de Demónika. Los detalles específicos de esta ceremonia...

Pasaron las páginas hacia adelante. Sin embargo, los detalles cruciales del ritual del destierro no estaban. Las páginas siguientes estaban en blanco.

—A ver si entendí bien —comenzó Dexter—. Estamos enfrentándonos a una fuerza demoníaca más formidable de lo que podríamos imaginar, y el plan para derrotarla es una página en blanco.

—Parece que tenemos mucho trabajo por delante —comentó Star—. *Necesitamos* ese ritual.

Star tenía razón.

Dexter buscó en su teléfono algo relacionado con demonios o actividad paranormal en Paradise Falls, pero no encontró nada.

Star tuvo una idea. —¿Qué tal la biblioteca? Tienen todos los registros antiguos del pueblo, ¿no?

—¿La biblioteca, wey? —se quejó Dexter—. O sea, supongo que muchas de las grandes aventuras sobrenaturales empiezan ahí: *Los cazafantasmas, Harry Potter, Buffy, la cazavampiros...*

—Buffy es totalmente mi heroína —añadió Star.

—Buscaremos en los libros mañana temprano —asintió Zane.

Zane se arrastró hasta la acera a las 7:45 AM, agotado después de otra noche inquieta. Su estómago gruñó, protestando por el desayuno que había saltado.

Star llegó en su Buick azul celeste. Dexter bajó la ventana del pasajero. Estaba irritantemente despierto. —Vaya, Zane —bromeó con su sonrisa chimuela—. No sabía que el Crypt Keeper tenía un hermano menor.

Con prisas, Zane ni siquiera se había mirado al espejo esa mañana. —Qué gusto verte también, rayito de sol. Tu entusiasmo radiante es cegador —replicó Zane, deslizándose en el asiento trasero mientras bostezaba e intentaba domar su cabello desordenado.

—Buenos días, Dormilón —se burló Star—. Abróchense los cinturones. Próxima parada: la biblioteca.

La biblioteca del pueblo fue establecida a finales del siglo XIX. Destacaba por sus ladrillos rojos, ventanas de vitrales, columnas blancas y una majestuosa puerta de madera.

—Nunca había estado en uno de estos —bromeó Dexter.

Star esbozó una sonrisa. —Ay, Dex, ¿no se supone que eres un nerd o algo así?

La biblioteca estaba desierta. Olía a cera de limón y libros viejos.

—Buenos días —los saludó una bibliotecaria desde detrás de un libro.

—Buenos días, señora English —respondió Star con una sonrisa, claramente familiarizada con ella.

Zane y Dexter intercambiaron una mirada de desconcierto.

La mujer levantó la vista.

—¡Oh, hola, Star! ¡Qué sorpresa tan agradable! Y veo que has traído a unos amigos —dijo, sonriéndoles antes de añadir—: ¿Sabían ustedes que Star fue campeona juvenil de trivia en Paradise Falls tres años seguidos?

—¡No, no lo sabíamos! —respondió Dexter, volviéndose hacia Star—. ¿Quién es la nerd ahora?

—Cuéntanos más —animó Zane.

—¡Oh, era imparable! Solía bromear diciendo que deberíamos grabar su nombre en el trofeo de forma permanente. Rápida como un rayo y brillante con las respuestas. ¡Todavía hablo de ella hasta el día de hoy!

—¡Y todo se lo debo a la mejor bibliotecaria del mundo entero! —Star interpretó su papel de la consentida de la maestra sin esfuerzo.

—¿Qué los trae a la biblioteca en una mañana de verano tan bonita? —preguntó la bibliotecaria—. Es muy temprano.

—Ni lo digas —murmuró Zane con un bostezo.

—Sí, hoy empezamos temprano —añadió Star.

—Bueno, como siempre digo, *El que madruga, encuentra lectura* —comentó la bibliotecaria, soltando una pequeña carcajada.

—¡Buena esa, señora Bibliotecaria! —aprobó Dexter con una sonrisa.

—Buscamos periódicos viejos —respondió Zane.

—Ah —dijo ella, señalando una esquina con computadoras de aspecto anticuado—. Esas estaciones tienen todo desde el 2000 en adelante. Pero cualquier cosa anterior no fue digitalizada. Todo está en microfichas, ubicadas en el nivel inferior.

Dexter le dio un codazo ligero a Star. —¿Micro-qué?

—Ni idea, yo solo vengo por los libros de bolsillo —respondió Star con un encogimiento de hombros.

Zane estaba igual de perdido.

—Ah, debí haberlo supuesto. Dejamos de usar las microfichas hace años, mucho antes de que ustedes nacieran. Vengan, les enseñaré cómo se usan.

Los condujo a una sala con largas filas de archivadores metálicos. Del techo colgaban tiras de luces encerradas en jaulas de metal.

—Estos archivadores —indicó con un gesto— contienen todas las ediciones de periódicos archivadas. Están organizadas y etiquetadas por fecha.

Después de una breve demostración sobre cómo usar las máquinas de microfichas, la bibliotecaria los dejó para que comenzaran su investigación. El trío se dividió, cada uno se encargó de un archivador diferente. Empezaron a revisar los archivos, escudriñando las etiquetas con la vista y pasando las hojas de microfilm con los dedos.

Desde su rincón, Dexter llamó emocionado: —¡Miren esto! —Sostenía una hoja, entrecerrando los ojos para leer la pequeña letra.

Star y Zane se acercaron mientras él insertaba la diapositiva en el visor. La pantalla iluminó un artículo de periódico del *Paradise Record*, fechado en 1949.

—"La gran inauguración de Snaxtime marca una nueva era para Paradise Falls" —leyó Dexter en voz alta—. "La apertura de Snaxtime, el primer restaurante drive-in del pueblo, fue celebrada con una gran ceremonia de corte de cinta. Asistieron dignatarios locales..."

Star amplió una foto que mostraba a Harold Snaxton con el alcalde y Miss Paradise Falls. Ella llevaba una banda y sostenía unas tijeras gigantes. —¡Espera, esa es mi Abui! ¡Fue Miss Paradise Falls en 1949!.

—Espera —soltó Dexter—. ¿Tienes sangre de reina de belleza y nunca lo mencionaste? ¿Qué más nos ocultas, Star?

Star realizó un saludo impecable de certamen, acompañado de una sonrisa tan brillante como las luces del escenario. —Ay, pensé que eso era, tipo, súper obvio.

—Quizá deberíamos hablar con tu abuela —sugirió Zane—. Tal vez recuerde algo sobre Harold Snaxton o el pueblo en esa época.

Star asintió. —Sí, podríamos intentarlo. Abui está bastante ida estos días, así que tal vez no recuerde mucho de hace tanto tiempo —luego se giró hacia Dexter—. Entonces, ¿qué más dice el artículo?

Dexter continuó: —"La apertura de Snaxtime ha generado debate entre los residentes. El establecimiento se encuentra en el terreno donde antes estaba la iglesia New

Hope Fellowship, que fue destruida por un incendio el año pasado. Muchos miembros de la comunidad han expresado su preocupación por la pérdida de una parte significativa de la historia del pueblo..."

Zane miró por encima del hombro de Dexter. —Vaya, así que Snaxtime está construido en el sitio de una iglesia, ¿eh?

—Sigamos buscando a ver qué más encontramos —instó Star.

Las horas pasaron y su determinación se desvaneció. El sonido de las hojas de microfilme deslizándose y los suaves clics de las máquinas de visión se convirtieron en una banda sonora monótona.

—¡Whoa! —exclamó Zane.

Star y Dexter se apresuraron a acercarse. Zane había encontrado un artículo de 1978. —El titular habla sobre una serie de asesinatos sin resolver en el pueblo.

—¿Asesinatos sin resolver? ¿Qué dice? —preguntó Dexter.

Zane ajustó el enfoque y leyó en voz alta: —"Una misteriosa cadena de homicidios ha dejado a Paradise Falls sumido en el miedo. El culpable sigue prófugo..." —Repasó el texto rápidamente—. Todas las víctimas eran hombres... no había sospechosos...

—Eso suena muchísimo a lo que pasó aquí la otra noche —dijo Dexter.

—Esto da muchísimo miedo —dijo Star, estremeciéndose—. ¿Dice algo más?

Zane pasó a la página siguiente. —Oh, mira esto. Trajeron a una vidente para ayudar con la investigación: Viola Beaumont.

—¡Nuestra primera pista real! —Los dedos de Star ya volaban sobre su teléfono—. A ver qué podemos encontrar sobre esta tal Viola Beaumont… ¡Encontré algo! —Levantó su teléfono para mostrarles una página web de un local psíquico llamado *Reinos Encantados*—. Está dirigido por una mujer llamada Madame Viola. Tiene que ser ella, ¿no?

Zane miró la hora. El día aún era joven, y acababan de tropezar con una pista potencialmente significativa. —Vamos a visitarla.

—Pero esperen… —gruñó Dexter, mientras le sonaba el estómago—. ¿Alguien más muere de hambre?

Star chasqueó los labios. —La verdad, podría devorar unos panqueques ahora mismo. El Pancake House en Main Street tiene el mejor jarabe de boysenberry.

—Estás hablando mi idioma —dijo Dexter.

El Pancake House era una cadena de restaurantes nostálgica conocida por su desayuno disponible las 24 horas. Cabinas de cuero verde acolchonadas alineaban las paredes, y el piso a cuadros rojos y blancos estaba desgastado, pero recién trapeado.

Un mesero, equilibrando una bandeja repleta de comida, saludó a Zane, Star y Dexter: —Siéntense donde quieran. En un minuto estoy con ustedes.

—Gracias —respondió Star, guiando a sus amigos hacia una cabina soleada junto a la ventana.

—Tengo más hambre que un elefante en una fábrica de cacahuates —dijo Dexter mientras tomaba un menú.

—¿Qué significa eso? —suspiró Star.

—Bueno, ya sabes. A los elefantes les gustan los cacahuates, ¿no? —respondió Dexter.

Zane intervino: —Ja, sí. A Dumbo le encantaban.

—Ay, por favor, ¿qué es esto? ¿El primer grado? —Star le quitó el menú de las manos a Dexter.

Un mesero joven se acercó con tres vasos rojos de plástico llenos de agua con hielo en cubitos pequeños. Tenía un bigote ralo y un mullet bien cuidado. —Hola, bienvenidos a Pancake House. Soy Travis y seré su mesero hoy. ¿Necesitan un momento…?

—¡Estoy listo! —gritó Dexter—. Quiero el Hungry Boy Special: panqueques con chispas de chocolate, huevos revueltos con queso, hash browns bien crujientes. Y la salchicha… ¿es en patties o en eslabones?

—Eslabones —respondió Travis con un asentimiento.

—Hmm, prefiero patties, pero los eslabones servirán.

El mesero sonrió mientras apuntaba el pedido en su libreta. —¿Qué tal un poco de crema batida en tus panqueques?

—¡Me leíste la mente! Ah, y también un batido de fresa. —Dexter se dio una palmada en la barriga mientras miraba de reojo a Star—. Empezaré con eso.

Fastidiada, Star ordenó a continuación: —Un short stack y una Coca Light, con extra hielo. Thanks.

—¡Claro que sí! —respondió el mesero, antes de volverse hacia Zane—. ¿Y para ti?

—Eh… solo un melt de atún con papas fritas. Y un café.

—¡Claro que sí! —repitió el mesero—. Regreso enseguida con sus bebidas.

—Wey, podrías lucir un mullet como ese perfectamente —bromeó Dexter con Zane después de que el mesero se fue.

—Meh, no es mi estilo, pero siempre he querido probar con un bigote —respondió Zane, medio en broma.

—Uy, qué asco, no. Ni se te ocurra —interrumpió Star, frunciendo la nariz—. Quédate con tu look actual; te queda bien.

—Pues yo creo que sería sexy. Apúntame —dijo Dexter, levantando las cejas de forma sugestiva.

Zane le dio una palmada en el hombro. —Creo que deberíamos quedarnos como amigos, Dex.

—¡Auch, directo a la friendzone!

—Bueno, veamos el sitio web de Madame Viola —dijo Star, acercando su teléfono a la cara—. Wow, esta página parece de hace cien años. —Deslizó el pulgar por la pantalla—. Oh my God, ¿crees que ya sabe que vamos a ir?

—Sería un gran aval para sus habilidades psíquicas.

El mesero regresó con sus bebidas.

Zane sostenía la taza de café caliente entre sus manos. —¿Y qué dice la página? ¿Menciona algo sobre cómo resolvió un misterio satánico en los años 70?

Star levantó la vista de su teléfono. —Déjame ver… No, nada sobre desterrar a un demonio asesino en serie —hizo una pausa—. Oh, esto es interesante. Solía ser presentadora de uno de esos programas antiguos de líneas psíquicas. Dios mío, es *taaan* viejo, como de los 90. Súper de bajo presupuesto. ¡Hay toda una lista de episodios!

Star hizo clic en un video y posicionó su pantalla para que todos pudieran verlo. En el clip borroso, Madame Viola estaba sentada detrás de una gran bola de cristal rosa, con capas de cortinas de terciopelo colgando alrededor del set recargado. Un llamativo número 1-900 amarillo parpadeaba en la parte inferior.

Madame Viola era un espectáculo digno de ver. Llevaba una blusa de seda turquesa con volantes, gafas cuadradas teñidas de rosa y púrpura, y un turbante del que salían mechones de cabello negro. Grandes aretes y varios anillos complementaban su atuendo. Su lápiz labial rojo y sus largas uñas rojas se veían sobresaturados bajo las luces del estudio.

En el episodio, se escuchó la voz de una persona que llamaba, con un acento campirano. —¿Hola? ¿Madame Viola? —empezó, con un nerviosismo evidente en su voz—. Bueno, la semana pasada intenté usar una tabla Ouija para contactar a mi tía Edna, que falleció de forma bastante repentina. Pensé que podría... ya sabe, hablar con ella otra vez. —Dejó escapar un suspiro tembloroso antes de continuar—. Y estoy bastante segura de que funcionó. La tabla dijo que era ella, y al principio le creí. Pero ahora ya no sé...

—Desde esa noche, han estado pasando cosas realmente extrañas en la casa. He estado escuchando ruidos raros, como arañazos y pasos, cuando no hay nadie más cerca, y juro que las cosas se mueven de lugar cuando no estoy mirando. Me está empezando a dar miedo, y no sé qué hacer...

—Ay, cariño —respondió Madame Viola con un acento denso y ahumado—. Las tablas Ouija pueden abrir puertas que es mejor dejar cerradas. Invitan energías con las que no queremos lidiar. Yo he tenido mi buena cuota de encuentros con fuerzas demoníacas, y créeme, no es algo con lo que quieras jugar.

Luego guió a la persona que llamó sobre cómo purificar su casa, empezando con enterrar la tabla Ouija y quemar salvia.

Madame Viola cambió de tono, bajando la voz. —Pero, cariño, hay una dulce presencia cuidando de ti en este momento. ¿El nombre Francine te dice algo?

Un jadeo resonó a través de la línea, seguido de un sollozo ahogado. —Franny —susurró la persona que llamaba—. Mi pequeña Franny. Era mi caniche blanco miniatura. Yo… la perdí en marzo.

Madame Viola tranquilizó a la persona: —Está perfectamente bien, cariño. Y está rodeada de todos los muffins que su pequeño corazón pueda desear.

—Oh, wow. Le daba un muffin de arándanos todos los domingos. Bendito sea su corazoncito. Y gracias, Madame Viola.

Star pausó el video.

—Yo sí me comería uno de esos muffins de arándanos de Franny justo ahora —bromeó Dexter.

Star alzó su Coca Light. —Por Franny.

—Por Franny —repitieron Zane y Dexter al unísono, chocando sus bebidas.

—Entonces, ¿el destino de la humanidad realmente recae sobre los hombros de una psíquica de televisión que habla con caniches muertos? —preguntó Dexter.

—Todo parece indicar que sí —admitió Zane, rindiéndose mientras daba un sorbo a su café.

El mesero regresó, los brazos cargados con un festín extravagante.

—Oh my God, por fin, me estoy muriendo *mal* de hambre —dijo Star mientras sus panqueques absorbían el jarabe de boysenberry que vertió generosamente por encima.

El desayuno de Dexter era una auténtica torre de decadencia matutina: los panqueques estaban repletos de chispas de chocolate, coronados con una nube de crema batida y espolvoreados con azúcar glass. Al lado, un plato grande y grasoso estaba abarrotado de huevos revueltos cubiertos con queso derretido, hash browns crujientes y dos salchichas jugosas.

El melt de atún de Zane, lleno a reventar, y su montaña de papas fritas parecían hasta sensatos junto al desayuno de Dexter.

Dexter bañó sus panqueques con jarabe sabor mantequilla de nuez pecana. —Ah, ¿ya les conté de la vez que usé una tabla Ouija con mis primitos gemelos de cuatro años en Halloween? —dijo, llevándose un tenedor de huevos con queso a la boca.

—Eh… no, pero esto va a estar bueno —respondió Star, acomodándose con su Coca-Cola Light.

—Entonces —Dexter entrecerró los ojos con picardía—, es Halloween, ¿no? Y me tocó cuidar a los pequeños Benito y Bobby esa noche. Estaban disfrazados de diablitos rojos, con todo y trinche, emocionadísimos por su primera salida oficial de "dulce o truco".

—Yo iba disfrazado de Donatello. No el escultor italiano, wey, sino la tortuga famosa. Ya sabes, la Tortuga Ninja entrenada en artes marciales y genio de la tecnología del grupo. Incluso llevaba un bo, su arma preferida. Pero bueno, me desvío…

—Total, salimos por el vecindario, juntamos una montaña de dulces y regresamos a casa —Dexter hizo una pausa para meterse un gran pedazo de panqueque a la boca antes de continuar—. Y ahí se me ocurrió proponer un "juego divertido con la Ouija" para cerrar la noche. O sea, ¿qué sería de Halloween sin una buena historia de fantasmas, no?

—Pobres niños —interrumpió Star—, eso es demasiado aterrador. ¡Tenían CUATRO años!

—Un poco aterrador, sí. Pero estaban más intrigados, especialmente cuando les dije que tal vez podríamos contactar al Fantasma de los Dulces, quien podía duplicar su reserva de dulces al instante.

Zane soltó un resoplido, casi atragantándose con su café. —No lo hiciste.

—Oh, sí lo hice —dijo Dexter con una sonrisa de gato de Cheshire mientras disfrutaba un bocado de salchicha—. ¡Y deberían haber visto sus caras cuando la planchette empezó a moverse! Luego les dije que accidentalmente habíamos contactado al fantasma equivocado, el espíritu de una niña que murió en Halloween. Soletró: "DAME TODOS TUS DULCES O MUERE". Sus ojos se pusieron del tamaño de frisbees. ¡Soltaron sus bolsas de dulces y salieron corriendo de la habitación gritando como bebés!

La mandíbula de Star cayó. —¡No te quedaste con sus dulces, Dexter!

—Prefiero pensar que salvé sus preciados dientecitos de un viaje al dentista —dijo con un guiño travieso—. Pero luego, ocurrió el giro del siglo...

—No me digas... ¿La niña muerta era real? —preguntó Zane.

—Bueno, digamos que las cosas se pusieron algo raras a la medianoche. Estaba en el cuarto de huéspedes, en la cama, rodeado de envolturas de dulces. Y de la nada, empezó este sonido loco de rasguños en la ventana. Al principio era suave, pero se fue haciendo más fuerte, y no paraba. Me acercaba a la ventana, y no había nada, pero volvía a empezar en cuanto me metía de nuevo en la cama. Te juro que duró como una hora.

—Y entonces, lo escuché. La risa inconfundible de una niña pequeña. Primero vino de la ventana, luego del pasillo fuera de mi puerta. ¡De repente, escuché pasos por todos lados y golpes en la puerta! —Dexter puso una cara dramática, imitando el horror—. Ahí estaba yo, bajo las cobijas, al borde de las lágrimas, convencido de que mi pequeña broma había invocado a un verdadero fantasma.

—¿Y? —preguntó Star, intrigada a pesar de sí misma.

—¡Lo siguiente que sé es que la puerta se abre de golpe y parece que una estampida viene hacia mí! Siento algo, o *alguien*, subiendo a la cama conmigo. Arranco las sábanas y suelto un grito como si estuviera a punto de conocer a mi creador en ese instante. Pero, nada, ninguna niña fantasma espeluznante a la vista. ¿Adivinen quién era? ¡Benito y Bobby, esos mocosos! Se habían escapado de su cuarto y me estaban tomando el pelo, ¡todo para recuperar sus dulces!

Dexter negó con la cabeza, con una sonrisa de oreja a oreja, mientras robaba una papa del plato de Zane. —¡Esos diablillos me asustaron hasta los calzones!

Star agitó un tenedor lleno de jarabe en su dirección. —Bueno, te lo merecías. Me caen bien esos niños.

Sin el menor reparo, Dexter se tragó el último bocado y sonrió, revelando un pegote de chocolate atorado en el hueco de sus dientes. Fijando la mirada en los panqueques a medio comer de Star, preguntó: —¿Vas a terminarte eso?

Star empujó su plato hacia el otro lado de la mesa. —Tu estómago es, literal, un agujero negro.

—Bueno, si me llaman el Rey del Cheese Dog —proclamó Dexter mientras se metía el resto de los panqueques de Star en la boca.

Star rodó los ojos. —¿Ah, sí? Algún día tendrás que contarme esa historia.

Zane se estiró en su asiento mientras recogía la cuenta que el mesero les había dejado. —Bueno, chamacos. Es hora de moverse.

CAPÍTULO SEIS

La casa de Madame Viola era de un tono púrpura polvoso con adornos de color rosa brillante. El techo festoneado y la chimenea de piedra estaban en perfectas condiciones, y el exuberante jardín que rodeaba la casa estaba meticulosamente cuidado. Un alto muro de roca cercaba la propiedad, y una ornamentada puerta de hierro se alzaba en la entrada, dando la bienvenida a los visitantes al impecable entorno.

Dentro, Madame Viola descansaba en su sofá floral mientras veía el Home Shopping Channel. Un majestuoso gato siamés estaba sentado en su regazo.

La mano nudosa de la psíquica, decorada con una variedad de anillos de cóctel, se deslizó por el elegante pelaje del gato. Con la otra mano, llevó un cigarrillo delgado a sus labios brillantes. El humo se mezclaba con el aroma del incienso encendido.

Su cabello negro, atravesado por gruesos mechones blancos, estaba recogido en un moño alto sobre su cabeza. Su rostro, redondo y surcado de arrugas, lucía unas gafas enormes apoyadas en su nariz. Sus ojos color miel aún conservaban un brillo juvenil a pesar de su edad.

El salón, que también servía como el lugar de trabajo de Madame Viola, estaba repleto de curiosidades y baratijas acumuladas a lo largo de décadas. Cada objeto tenía una historia, un propósito y un lugar propio. Estanterías llenas de pociones, elixires y sueros cubrían las paredes, mientras que cristales y amuletos variados estaban estratégicamente colocados.

Alfombras persas estaban repartidas por el suelo de madera. Muebles de terciopelo estaban decorados con cojines de cuentas y mantas. Cortinas pesadas protegían el interior de miradas curiosas

Había sido una semana tranquila para Madame Viola. Solo unas cuantas lecturas de palma y tarot interrumpieron su soledad. En su época de oro, fue una personalidad popular de la televisión y una figura bien conocida en el pueblo, con muchos buscando sus servicios. Pero ahora, llevaba una vida más tranquila.

El crujir de la grava en la entrada sacó a Madame Viola de sus recuerdos. Apagó su cigarrillo y se levantó del sofá con la ayuda de un bastón con una joya en la punta. Estaba envuelta en un caftán fluido y bordado que arrastraba por el suelo. Esto le daba la apariencia de levitar ligeramente por encima del suelo al caminar. Sus joyas tintineaban y resonaban mientras se movía.

Se acercó a la ventana y abrió la cortina para revelar a un trío de adolescentes saliendo de un carro. Una chica pelirroja y bonita, con el cabello ardiente como el sol poniente, iba flanqueada por dos chicos.

Madame Viola sonrió. No era común que recibiera visitantes tan jóvenes. Apagó la televisión y puso un CD de música New Age.

Se miró en el espejo. Con una habilidad ensayada, esponjó su cabello hasta dejarlo perfecto.

La puerta se abrió con un tintineo de amuletos colgantes.

—¡Saludos, almas curiosas! —exclamó Madame Viola con un teatral movimiento de la mano—. ¡Y bienvenidos a Reinos Encantados, la Casa de los Secretos y las Revelaciones!

El trío entró.

—¡Wow! —Dexter estaba fascinado, su atención saltando de un artefacto a otro. El gato de Madame Viola se frotó contra sus piernas—. Holi, amiguito —le acarició la espalda.

—¡Soy Madame Viola, la Vidente de lo Invisible, Guardiana de lo Desconocido! ¡Permítanme desvelar los misterios del cosmos y descorrer los velos de su destino! ¿Alguien quiere una lectura de palma? ¿Tal vez tarot?

Dexter tomó una botella de un estante lleno de elixires y sueros, leyendo la etiqueta con curiosidad.

—Por aquí —llamó la psíquica, guiándolos hacia una mesa y señalándoles que tomaran asiento. Una gran bola de cristal dominaba la superficie.

Se acomodaron en sus asientos. Madame Viola se dejó caer en su silla y entrelazó los dedos sobre la mesa. La bola de cristal magnificaba el brillo de sus anillos.

—¿Qué los trae aquí, niños? —preguntó.

Zane carraspeó. —Hola, Madame Viola. Soy Zane, y ellos son mis amigos, Star y Dexter. Nos preguntábamos si tal vez podría ayudarnos.

—Un placer conocerlos —sus ojos penetraron en los de Zane. Una expresión de sorpresa cruzó su rostro—. Extraordinario... Es raro ver un aura dorada tan brillante como la tuya.

Zane se removió, inseguro. —Oh, eh...

—Es un símbolo de iluminación espiritual y protección celestial. Tienes un ángel que te cuida.

Dexter levantó la mano. —¿Y qué hay de mi aura?

—Tú, joven, irradias un tono turquesa. Significa una disposición alegre y...

Star interrumpió: —No estamos aquí por una lectura de auras, Madame Viola. Realmente necesitamos su ayuda, y es, tipo, súper urgente.

Zane añadió: —Esperábamos saber más sobre una serie de asesinatos sin resolver de los años 70 aquí en Paradise Falls.

Star sacó su teléfono y abrió una foto que había tomado del artículo del periódico. Lo deslizó por la mesa hacia Viola. —Aquí dice que usted estuvo allí.

Los ojos de Madame Viola se movieron del teléfono a los rostros expectantes alrededor de la mesa. —¿Por qué rayos estarían interesados en algo que sucedió antes de que ustedes nacieran? —preguntó con desdén.

—Bueno, tal vez escuchó sobre los asesinatos en el pueblo —empezó Zane—. Creemos que podría haber una conexión.

—¿Una conexión? ¿Con un evento que ocurrió hace décadas? —respondió sorprendida.

—Eso pensamos —dijo Dexter—. Las circunstancias son... raras. Similares.

Madame Viola soltó una risa que no llegó a sus ojos. —Ay, están exagerando —dijo con un gesto despectivo, agitando una mano—. Es fácil trazar líneas donde no las hay.

—Pero, en serio, hay conexiones, Madame Viola —intervino Star—. Algo realmente malo está pasando. Y nosotros... necesitamos detenerlo.

Por un momento, la fachada extravagante de Viola se desvaneció, dejando entrever un destello de algo más profundo.

—Ay, eso es una tontería, ¿no creen? ¿Por qué querrían desenterrar horrores tan viejos? —respondió con una despreocupación fingida—. Deberían estar disfrutando su juventud. El Carnaval de Paradise Falls está a la vuelta de la esquina. ¿No es algo que deberían estar esperando con ansias? Ahora, ¿qué les parece una lectura de tarot?

—Hay más. —Zane metió la mano en su mochila y sacó el diario, colocándolo sobre la mesa con un golpe seco.

Los ojos de Madame Viola se abrieron de par en par al reconocerlo. —¿De *dónde* sacaron ese libro? —Su voz temblaba.

—Lo encontramos en el trabajo... Trabajamos en Snaxtime —explicó Zane—. Pertenecía al fundador, Harold Snaxton. Está lleno de hechizos. Nos preocupa que quizá hayamos...

—¡¿Qué hicieron?! ¡Lárguense! —gritó ella—. ¡Saquen ese libro de mi casa! ¡*YA*!

Su arrebato los sobresaltó, y se tropezaron al levantarse de sus asientos. Zane agarró el diario. Mientras los empujaba hacia la puerta, las advertencias de Madame Viola los siguieron. —¡Quemen ese libro! ¡Quémenlo y entiérrenlo!

Cerró la puerta de un golpe detrás de ellos y echó el cerrojo. Con manos temblorosas, giró el letrero a "Cerrado" y corrió las cortinas, dejando solo una pequeña rendija por la cual pudo observarlos mientras se alejaban.

El mundo de Madame Viola se puso de cabeza mientras los recuerdos la inundaban. Hubo una época en la que luchó contra un mal indescriptible. Había trabajado duro para enterrar ese pasado traumático.

Un temor familiar la consumió. Con el corazón hundido, se dio cuenta que el diario era, de hecho, el origen del horror reciente que había asolado Paradise Falls. Su pecho se tensó.

La urgencia la impulsó a actuar. Corrió por la habitación hacia sus frascos, amuletos y objetos. Agarró varias velas blancas, talismanes y una colección de hierbas y aceites.

Viola tomó su preciado grimorio, un libro lleno de sus apuntes sobre hechizos y rituales que había realizado a lo largo de los años.

Agachándose en el suelo, comenzó sus preparativos. Colocó las velas en un círculo preciso a su alrededor y puso un cuenco de bronce en el centro. Encima, un crucifijo colgaba de la pared. Después de encender las velas, llenó el cuenco con los ingredientes que había recolectado y les prendió fuego. Un humo dulce y fragante se elevó en espirales.

—Que ningún mal cruce este límite —exhaló al aire lleno de humo—. Que ningún mal cruce este límite... —repitió la frase.

El único testigo del ritual era su compañero felino, que observaba con atención desde su cojín de terciopelo. Bufó, fijando la mirada en una esquina de la habitación ahora oculta por el humo arremolinado del ritual.

En respuesta a la reacción del gato, Madame Viola cambió su cántico a un idioma antiguo —*Nozhal vrohk dhizbrin.*

El crucifijo cayó de la pared y resonó contra el piso de madera.

Madame Viola dejó escapar un jadeo.

—*¡NOZHAL VROHK DHIZBRIN… NOZHAL VROHK DHIZBRIN!*

Su televisor se encendió de golpe. El sonido estalló a un volumen ensordecedor, ahogando su voz.

Un tornado descendió sobre la habitación. Los libros se desprendieron de los estantes y volaron por el aire. Los cojines salieron disparados del sofá. Los frascos de vidrio con pociones y elixires estallaron en una lluvia de fragmentos. Una ráfaga de chispas salió de la toma de corriente.

La habitación se sumió en la oscuridad.

Solo el resplandor del cuenco aún encendido proporcionaba algo de iluminación.

Silencio.

Madame Viola se llevó una mano al pecho, jadeando en busca de aire. Un susurro fantasmal emergió de las paredes y se deslizó hasta sus oídos. Giró sobre sus rodillas. El gato continuó bufando hacia la esquina sombría del cuarto.

Entonces Viola lo vio. El demonio había regresado.

—¡Eres tú! —era una entidad con la que había esperado no volver a encontrarse jamás.

La derribó de rodillas al suelo.

La temperatura bajó. La habitación estaba helada.

El demonio se rió de ella.

La psíquica se levantó e intentó huir, pero sus piernas entumecidas cedieron debajo de ella. Se arrastró por el suelo, desgarrándose las uñas mientras intentaba agarrarse para avanzar.

Sintió su peso mientras se le subía encima.

Imágenes de los tres adolescentes llenaron su mente. Eran inocentes, pero ahora estaban atrapados en esta antigua red de maldad. Su temor por ellos eclipsaba su propio terror.

Se dio cuenta con pesar de que el diario de Harold Snaxton era crucial. No solo se había utilizado para invocar al demonio, sino que también era esencial para enviarla de vuelta. Se preguntó si su apresurada instrucción de destruir el libro había sido un error grave. Debería haberlo quemado ella misma hace décadas.

Su visión se desvaneció en un borrón. Jadeó por aire mientras su fuerza se desvanecía.

Su último pensamiento, una oración silenciosa, fue que los jóvenes encontraran el camino de protección e impidieran que Demónika fuera traída de vuelta de manera permanente.

Se rindió.

El silencio que siguió parecía casi sacrílego, dada la magnitud de lo ocurrido. Madame Viola yacía inmóvil en el suelo, su rostro congelado en una mueca de terror.

CAPÍTULO SIETE

Paradise Falls estaba azotado por un calor veraniego que se sentía como abrir la puerta de un horno. En Snaxtime, la hora pico del almuerzo estaba en pleno apogeo. A medida que la temperatura subía, también aumentaba el número de personas buscando aire acondicionado y algo para comer.

Dexter llevó a Star y Zane aparte en la cocina. La advertencia de Madame Viola los envolvía como una nube de tormenta. —No puedo dejar de pensar en lo que pasó ayer. O sea, Madame Viola estaba, tipo, totalmente aterrada. ¿Qué hacemos ahora?

—Lo resolveremos —lo tranquilizó Star—. Pero sí, se está poniendo súper aterrador, en serio.

—¿Creen que deberíamos quemar el libro? Es lo que ella nos dijo que hiciéramos —les recordó Zane.

—¡Ni de chiste! —respondió Star—. Necesitamos el libro para revertir lo que hicimos. Es lo único que tenemos.

Dexter no estaba convencido. —En serio, chicos, piénsenlo bien. Madame Viola sabe de estas cosas y estaba aterrada. Si ella dice que lo quememos, deberíamos hacerlo.

Star cruzó los brazos. —¿Holis? ¿Quemamos el libro y de repente todo está bien? La regamos en grande. Si nos deshacemos del libro, perdemos nuestra única oportunidad de arreglar esto.

Zane se rascó la nuca. —Pero si quedarnos con el libro significa que más personas mueran...

Dexter negó con la cabeza, firme. —No podemos jugar con esto. Quemarlo es lo más seguro.

Star levantó la voz. —¿*Seguro?* ¡Oh my God, Dexter, ya pasamos ese punto! Ese libro es la clave, ¿y tú solo quieres quemarlo?

Zane sopesó las opciones. —Tal vez haya algo en el libro.

Dexter apretó las manos en puños. —Todo lo que ha traído es caos, muerte… ¿y ya se te olvidaron los gusanos? ¿Por qué seguimos aferrándonos a él? ¿Y si empeoramos las cosas, eh? ¿Pensaste en eso?

Star se mantuvo firme. —Entonces lo resolvemos.

Dexter no estaba de acuerdo. —Yo digo que escuchemos a la única persona que sabe de lo que habla... ¡MADAME VIOLA!

—Chicos, agachen la cabeza —dijo Zane, notando que Marjorie se dirigía hacia ellos—. Marjorie, a las tres en punto.

—¿Están hablando de Madame Viola? —preguntó Marjorie mientras se acercaba a ellos.

—¿Eh, sí? —Zane no estaba seguro de cuánto había alcanzado a escuchar.

Marjorie sacudió la cabeza. —Qué pena.

—¿Qué quieres decir? ¡¿Conoces a Madame Viola?! —preguntó Dexter.

—¿No estaban hablando sobre el asesinato?

—¿¡Asesinato!? —dijeron todos al unísono.

—Estoy confundida —dijo Marjorie—. Pensé que hablaban de la vidente del pueblo. Ha estado en todas las noticias. Fue asesinada anoche.

—¡Oh my God, ¿QUÉ?! —exclamó Star—. ¿Qué pasó?

Marjorie se encogió de hombros. —No sé. Los vecinos llamaron a la policía porque oyeron un montón de ruido. Lo último que supe es que aún estaban investigando.

El mundo giró un poco más lento.

—Entonces, ¿por qué estaban hablando de ella? —preguntó Marjorie.

—Oh, pues, eh... —Zane tropezó con sus palabras—. De hecho, la vimos ayer. Para una lectura de tarot...

—Sí —continuó Star—. Pensamos que sería divertido o algo así.

—¡Wow, ¿en serio?! —Marjorie estaba sorprendida por la coincidencia—. ¿Hablaron con la policía? ¿Vieron algo raro mientras estaban ahí?

Los adolescentes sacudieron la cabeza, negándolo un poco demasiado rápido.

Dexter no pudo mantener la compostura. —Creo que voy a vomitar.

Marjorie le masajeó la espalda. —¡Oh, Dios mío! ¿Estás bien, cariño?

—Creo que solo necesitamos un minuto —dijo Star.

—Está bien —Marjorie se detuvo en la puerta de la cocina—. Pero no se tarden demasiado —añadió, mirando su reloj antes de salir—. Está muy ocupado allá afuera.

Dexter estaba al borde del colapso. —Chicos, me estoy friqueando cañón. ¿Deberíamos ir con la policía?

—Relájate, Dex —dijo Star—. Todos estamos sacados de onda, pero tenemos que mantener la calma. ¿Y qué les diríamos a los polis, eh? "Holi, oficiales, fíjense que mis amigos y yo súper invocamos a un demonio ancestral de un libro viejo de cocina, y ahora anda, tipo, de asesina en serie por el pueblo." Nos pondrían camisas de fuerza en cuanto dijéramos "demonio".

—O peor —añadió Zane—. Nos echarían los asesinatos a nosotros. Créeme, ya he lidiado bastante con policías. No nos van a ayudar a encontrar el ritual del destierro, eso seguro. Y si nos encierran, ¿quién se va a encargar de acabar con todo esto?

—Ugh, ¡bueno ya basta! Entonces, ¿cuál es el plan? ¿Nos quedamos con el diario o qué? —insistió Dexter.

—Obvi, necesitamos ese diario —afirmó Star con determinación—. ¿Verdad, Zane?

Zane dudaba.

Desde el frente, Marjorie gritó: —¡Zane, abre la Caja Tres!

—¡Sí, señora! —Zane se volvió hacia sus amigos—. Hablamos de esto después.

Se dirigió a la caja y anunció: —¡Siguiente!

Un chico con una chaqueta de motociclista, más o menos de la edad de Zane, se acercó al mostrador. Su cabello era puntiagudo y decolorado, y una luna creciente plateada colgaba de su oreja. Tenía labios carnosos y ojos de un verde imposible. Parecía salido de un sueño.

Zane se quedó sin aliento por un momento. Se colocó su sonrisa de servicio al cliente practicada, pronunciando el saludo estándar: —Bienvenido a Snaxtime. ¿Le gustaría probar nuestro Cheesy Double Dog Combo con Mega Cheesy Tots y Super Sip Soda?

—Oh, nunca he estado aquí antes —confesó el cliente. Su voz era profunda—. ¿Qué es bueno?

—Bueno, no te puedes equivocar con el Cheesy Double Dog Combo. Pero un consejo: los Crispy Beef Tacos están de locos. Y los Jalapeño Hot Bites están brutales. Termínalo todo con un Orange Gush, no te arrepentirás. Ah, y pide un poco de chipotle ranch con los poppers en lugar de crema agria. —*Deja de divagar*—. Si te gustan los postres, el Pineapple Party Cake es mi favorito. Omite el flan... O sea, no está mal, pero... —*Cállate, Zane*.

—Como usted diga —dijo el chico con una sonrisa despreocupada.

—Okay, ¿qué tal los tacos, bites y un Orange Gush?

—No olvides el chipotle ranch.

Zane se sonrojó. — ¡Claro que sí! —dijo mientras, torpemente, ingresaba la orden—. ¿Y qué tal un postre?

—Tal vez para la próxima.

—Okay, serán $12.49 —dijo, tragando saliva—. ¿Para aquí o para llevar?

—Para aquí —respondió el cliente, extendiendo efectivo.

Preparar la orden fue un borrón. Zane entregó la bandeja y observó cómo el joven se dirigía a una mesa apartada. Había algo en él. Le resultaba tan familiar.

¿Quién eres?

El chico comía sin mirar ni una sola vez hacia Zane, quien, entre atender a otros clientes, echaba miradas furtivas en su dirección.

Finalmente, el desconocido se levantó y recogió su bandeja. Al pasar hacia la salida, se acercó al mostrador.

—Tienes razón, los Crispy Beef Tacos *están de locos*. Gracias.

—¿Verdad que sí? Me alegra que te hayan gustado. —Entre ellos flotaba una energía extraña—. ¿Nosotros...?

—Encantado de conocerte, Zane. Me llaman Hunter.

Antes de que Zane pudiera responder, él ya se había ido. *Hunter.*

Zane dejó la caja registradora y regresó a la cocina para calmarse. Su corazón latía con fuerza.

—Zane, Earth to Zane —dijo Dexter, agitando una mano frente a su cara.

Star cruzó los brazos. —Sí, aterriza. Ese tipo era súper intenso.

—¿Cómo sabía mi nombre? —Zane se preguntó en voz alta.

Star señaló su gafete. —Eh, obvi, lo dice ahí mismo.

Zane miró su pecho. *Ya me estoy rayando.*

—¿De qué se trató todo eso? —preguntó Star.

Intentando descartar la atracción inexplicable que había sentido, Zane se encogió de hombros. —Nada, solo un tipo.

Mientras las palabras salían de su boca, supo que no estaba siendo completamente honesto, ni con sus amigos y mucho menos consigo mismo.

—Pues, la verdad, me dio cosa —dijo Star, claramente un poco celosa.

—Entonces, ¿cuál es el siguiente paso? —Zane cambió de tema, esperando desviar la conversación de Hunter y enfocarla nuevamente en su problema colectivo.

—Dexter bostezó. —La verdad, no sé ustedes, pero casi no dormí anoche. Después del trabajo, podría caerme unas buenas horas de sueño.

—Totalmente. —Star hizo un chasquido con su chicle—. Aguantemos el día de hoy y recarguemos pilas esta noche. Quizá mañana en la mañana sepamos más sobre Madame Viola.

Regresaron al trabajo. A medida que avanzaba el día, Zane no podía dejar de pensar en Hunter.

❖

Ya pasaba de medianoche, y Zane seguía completamente despierto. Estaba despatarrado en su cama con un brazo bajo la cabeza. Hacía demasiado calor para usar una almohada de verdad. Sin camisa, su piel sudorosa brillaba bajo la luz de la luna que se filtraba por las persianas.

Su mente era un torbellino: los hombres asesinados, Madame Viola y Hunter giraban en sus pensamientos. Parecía que El Sandman no lo visitaría esta noche.

El diario de Snaxton lo desafiaba desde la mesita de noche. Podía abrirlo para buscar más pistas, pero realmente necesitaba dormir. O tal vez una ducha le despejaría la cabeza. Se levantó de la cama y arrastró los pies por la alfombra hasta el baño.

Las baldosas frías se sentían reconfortantes contra las plantas de sus pies. Zane se quitó los boxers y se miró en el espejo. Su cabello estaba alborotado y tenía ojeras profundas bajo los ojos. —Man, estás hecho un desastre — murmuró a su reflejo, aferrándose al lavabo de porcelana.

Entró a la regadera. El agua fría era un alivio delicioso. Pasó una barra de jabón por su piel. Era tan refrescante, justo lo que necesitaba. El agua se volvió aún más fría. Pero Zane no se inmutó. Le gustaba.

Vapores helados se espesaron y giraron alrededor de sus pantorrillas como tentáculos. Subieron por sus muslos, su torso y hasta sus hombros. Su piel se erizó y sus pezones se endurecieron por el frío. Un suspiro de placer escapó de sus labios.

La neblina pálida se intensificó en un tono verde tóxico y lo envolvió. No podía ver más allá de ella.

Algo susurró en su oído.

—Zaaaane...

El vapor se disipó, revelando un paisaje alienígena sacado de una pesadilla. Ya no estaba en su regadera. Un horizonte montañoso ardía con llamas azules. El aire helado quemaba sus pulmones.

El terreno helado era desolado, salpicado de rocas afiladas y fosas abiertas. Retorcidos árboles se alzaban hacia el cielo. Zane temblaba desnudo dentro de una pintura macabra, la representación de un artista cruel del Infierno congelado.

Una mujer descendió de las nubes y apareció frente a él. Sus ojos eran de un azul helado como los de él, pero más fríos. Ya los había visto antes: en el espejo de Snaxtime.

Su cabello negro se arremolinaba a su alrededor como serpientes retorciéndose. Llevaba un corsé dorado que asemejaba huesos esqueléticos, y una corona alada adornada con zafiros y cristales.

Demónika.

Sus ojos brillaban mientras se deslizaba más cerca. Extendió su mano hacia Zane.

—Ven a mí —susurró, con una voz suave como la seda, envolviéndose alrededor de su mente.

Zane sintió que sus piernas se debilitaban, su voluntad deslizándose mientras su presencia oscura lo envolvía, atrayéndolo más cerca.

Mientras se preparaba para lo inevitable, un cántico retumbó a través del paisaje infernal. Zane se giró hacia el sonido y se quedó boquiabierto.

Era Hunter.

—*¡GLOTH URN ZOGH!* —Hunter repitió las palabras extrañas una y otra vez.

Los brazos del joven estaban extendidos. Su piel era lisa como porcelana. Tenía un físico esculpido, digno de un dios.

Sus órdenes interrumpieron el avance del demonio. Quedó suspendida en el aire, como si estuviera atrapada en una telaraña.

—*¡GLOTH URN ZOGH!*

Con la última sílaba de Hunter, un grito agudo desgarró el aire. Todo se sacudió. Los labios de la mujer se retrajeron en un gruñido antes de ser lanzada hacia el horizonte. Su grito se desvaneció en el silencio.

Se había ido.

Hunter se acercó a Zane. Extendió la mano y la apoyó suavemente sobre el pecho desnudo de Zane. Una ola de euforia surgió de la palma de Hunter y se extendió hasta el núcleo de Zane.

—Despierta el poder que llevas dentro —susurró Hunter.

Zane se puso rígido.

El sonido estridente del despertador de Zane lo devolvió a la realidad. Sus sábanas estaban húmedas.

¿Qué acaba de pasar? Todo había sido un sueño. Los detalles ya se estaban desvaneciendo.

Su teléfono vibró con una notificación: NOTICIA DE ÚLTIMA HORA: ASESINO EN SERIE COBRA OTRA VÍCTIMA EN EL PARADISE HOTEL

Zane leyó los detalles macabros: un cuerpo mutilado encontrado en una habitación de hotel, decapitado y parcialmente devorado.

Les envió el enlace a sus amigos: *Otro asesinato.*

Star respondió de inmediato: *¿¿¿QUÉ???*

Dexter: *¡No manches! ¿Deberíamos ir al hotel a echar un vistazo? Capaz encontramos algo. Yo libre esta noche. ¿Y uds?*

Zane: *Sí yo también estoy libre.*

Star: *Ugh tengo que cerrar. Váyanse sin mí.*

Dexter: *Qué chafa. Ok Zane vamos a hacerlo.*

Star: *Tengan cuidado, ¿ok?*

Dexter: *Claro que sí. Nada risky. Entramos y salimos rápido.*
Zane: *Quedamos a las 8.*

El sol se ocultaba mientras Dexter y Zane se acercaban al Paradise Hotel. Era un edificio alto histórico en una zona peligrosa de la ciudad.

Barricadas policiales bloqueaban la entrada, y había oficiales por todas partes.

—Esto no pinta bien —dijo Zane.

Dexter observó la escena. —Tengo una idea. Sígueme la corriente.

Dexter se acercó a la barricada con autoridad. —Buenas noches, oficiales. Estamos aquí para... eh, ayudar con la investigación —improvisó.

Un oficial escéptico miró a Dexter. —¿Y ustedes son...?

Dexter vaciló un momento. —Somos... eh, investigadores encubiertos. Yo soy el Agente Especial Dimitri Volkov, y este es mi colega, el Agente Especial Sven Jorgensen. Le dicen el Vikingo.

Zane asintió con un gruñido.

—¿Ah, sí? ¿Y exactamente qué tipo de investigadores son ustedes, agente Volkov y... Vikingo? —preguntó el oficial.

—Somos del Programa Especial de Defensa Oculta, el, eh, P-E-D-O... —dijo Dexter, intentando mantener la compostura al darse cuenta de lo que había deletreado.

Zane tragó una carcajada mientras los demás oficiales se reían entre dientes.

—¿PEDO, eh? Esa sí es nueva. Voy a necesitar ver alguna identificación, chicos —respondió el oficial.

Dexter hurgó en sus bolsillos. —Eh, ¿saben qué? Creo que dejamos nuestra documentación oficial en el carro. Denos un segundo, ahorita volvemos.

Dexter podía oír a los oficiales riéndose de él mientras se alejaban.

Ya fuera del alcance del oído, Zane exhaló. —¿En serio, Dex? ¿¡*PEDO!?*

—Sí, bueno, en mi cabeza sonaba mejor. —Sin desanimarse, Dexter señaló hacia la parte trasera del edificio—. Vamos a intentar por atrás. Seguro que hay otra forma de entrar.

Maleza crecida y basura cubrían el área detrás del Paradise Hotel. Buscaron una forma de entrar, pero sus esperanzas se desvanecían con cada puerta cerrada y cada ventana sellada.

—Esto apesta. —Dexter le dio una patada a la pared.

—¿Qué apesta?

—*Yo* apesto —respondió con tono plano.

—Bro, ¿por qué dirías eso?

Dexter levantó la vista. —Es solo que... siempre fracaso en todo.

—¡Ni loco! —protestó Zane—. Yo jamás podría hacer lo que tú hiciste allá. Claro, lo de PEDO no fue lo mejor, pero fuiste rápido para reaccionar. ¡Eso fue badass! Y me encanta mi nuevo apodo: el Vikingo.

—Como sea. —Dexter bajó la mirada, esquivando el cumplido—. Se siente como si estuviera en primer año otra vez.

—¿Primer año? —Zane dio un paso hacia Dexter y lo empujó suavemente con el hombro—. Oye, ¿qué onda?

—La prepa no fue fácil para mí —empezó Dexter—. Solo era un chico flacucho con gafas, fanático de Pokémon y pésimo para los deportes. Sí, no era precisamente el rey de la popularidad.

—Man, la prepa no es fácil para nadie —dijo Zane.

Dexter suspiró. —Me hicieron su blanco favorito: *Dexter el Dork*. Era un objetivo ambulante. Cada día era una pesadilla, solo intentaba sobrevivir sin que se burlaran o me empujaran.

Hizo una pausa. —Las bromas y los chistes, las burlas en la clase de gym. Siempre estaba tenso, constantemente recordando que era un loser.

Zane entendía bastante bien cómo se sentía ser un marginado. Nunca lo habían acosado realmente, solo era invisible. Se había acostumbrado, pero ver a Dexter sentirse así le llegó al corazón.

Dexter frunció el rostro. —El peor de todos era Mike Henderson, el cabecilla. Siempre tenía esa sonrisa arrogante en la cara. Se deleitaba haciendo mi vida miserable.

—Una vez en los vestidores —la voz de Dexter se quebró—, Mike y sus secuaces me acorralaron mientras me cambiaba y gritaron: "¡CALZÓN CHINO ATÓMICO!" Me levantó en el aire jalándome de mis calzoncillos. Cuanto más me retorcía, peor era. Todos aplaudían, y luego Mike me lanzó al pasillo, prácticamente desnudo. Todo frente a un montón de chicas populares. Todas me señalaron y se morían de risa. Nunca me he sentido más humillado.

Zane apretó los puños. —Eso está de la fregada, man. Lo siento mucho. Que se joda Mike Henderson.

—Ni qué decir, desde entonces cambié a bóxers ajustados —dijo Dexter, forzando una sonrisa—. Ya sabes, lo de ser el "payaso de la clase" comenzó por eso. Me di cuenta bastante rápido que, si hacía reír a la gente, les caería mejor. Y sí, soy dolorosamente consciente de que soy un cliché andante.

—No hay nada de cliché en ti, Dex. Eres único en un millón. Y definitivamente sabes cómo hacerme reír.

Dexter sonrió. —La verdad, en mi peor momento conocí a Jake. Éramos como un dúo inesperado. Me defendió más de una vez. Aunque es un deportista total, tiene un corazón de oro y se preocupa mucho por sus amigos. Siempre se ríe de mis chistes, incluso de los malos.

Hizo una pausa, recordando. —Empezó a incluirme en sus videos, haciendo todo tipo de tonterías. Antes de darme cuenta, la gente empezó a notarme y a seguirme. Me dio un empujón justo cuando más lo necesitaba. Me hizo sentir que pertenecía.

Zane asintió. —Sí, es buena onda.

—Él también me consiguió el trabajo en Snaxtime, lo cual fue lo mejor que me pudo pasar. Me ha dado, como quien dice, un propósito. Especialmente ahora, con todo esto de investigar demonios. Suena loco, pero siento que estoy haciendo algo importante, algo más grande que solo hacer reír a la gente. Conocerlos a ti y a Star, involucrarme en todo esto... Es como si finalmente hubiera encontrado el lugar al que pertenezco.

—Parece que todo te llevó al lugar donde tenías que estar, aunque el camino haya sido difícil. Te entiendo perfectamente.

—Sí —dijo Dexter con una sonrisa ladeada—. Todas esas veces que me hicieron calzón chino deben haber iniciado algún extraño efecto mariposa que nos trajo hasta aquí. Luchando contra demonios y salvando al mundo. Vaya cosas.

—Me alegra que estemos juntos en esto —dijo Zane con una sonrisa, sus ojos brillando.

—Yo... siento exactamente lo mismo, amigo mío — coincidió Dexter.

Zane lanzó una piedra. —Hablando de luchar contra demonios y salvar el mundo, supongo que estamos de vuelta donde empezamos. Esto fue un fracaso total.

—Sí, Star no se perdió de mucho. No hay forma de entrar

a este hotel... al menos hoy. Nada que ver aquí. —Dexter miró a su alrededor—. Nothing.

Zane pasó un brazo juguetonamente alrededor del cuello de Dexter y lo acercó, despeinándolo con la otra mano. —Bueno, chamaco, cerramos la noche aquí.

Pero su retirada fue interrumpida de repente. Tres hombres se tambalearon hacia ellos. Estaban borrachos, y olían a borracho también.

Un tipo corpulento con barba desaliñada y una chaqueta de cuero rasgada miró a Dexter con desprecio. —Vaya, vaya, ¿qué tenemos aquí? Un par de tortolitos, qué tierno.

Sus dos amigos parecían problemáticos. Uno, alto y delgado con una cresta mohicana, hacía ruidos de besos. El otro, bajo y fornido, se reía entre dientes mientras se acercaban.

Dexter intentó retroceder, pero el de la cresta mohicana le bloqueó el paso. —Oye, *nerd*, ¿te perdiste camino a la biblioteca?

Zane dio un paso al frente, su voz firme. —Retrocedan, chicos. No queremos problemas.

Dexter, sintiéndose envalentonado por la presencia de Zane, no pudo resistirse a soltar un comentario sarcástico. —Qué gusto ver que la fauna local prospera.

Eso fue el colmo. El tipo desaliñado se enfureció. Estrelló su botella de cerveza contra la pared y presionó el filo roto contra el cuello de Dexter. —¿Te crees gracioso, mocoso de mierda? Voy a tallar esa carita engreída.

La valentía de Dexter se evaporó. Se retorció mientras los otros dos le agarraban los brazos.

Zane gritó: —¡Suéltenlo!

Pero el hombre presionó el vidrio con más fuerza contra la yugular de Dexter. —¿Y qué piensas hacer, héroe?

—¡SUÉLTENLO! —gritó Zane. Su voz resonó con un estruendo inesperado. Una energía repentina recorrió sus venas. Extendió las manos hacia adelante, y una ráfaga de poder lanzó a los punks en todas direcciones.

Dexter permaneció de pie. Estaba temblando, pero ileso. —¡No manches, Zane! ¿De verdad acabas de hacer eso?

Zane miró sus manos con incredulidad mientras los hombres salían corriendo. Pequeños hilos de electricidad chisporrotearon en sus palmas antes de desvanecerse. —Despierta el poder que llevas dentro.

—¿Qué dijiste? —preguntó Dexter.

—Acabo de recordar mi sueño de anoche. Mándale un mensaje a Star, tengo que contarles.

Los tres amigos se reunieron en una tienda de donas después del turno de Star.

—¿¡Hiciste *qué*!? —Star no lo podía creer.

Dexter estaba eufórico. Se acurrucó junto a Zane. —Tenías que haberlo visto. Fue irreal. Era como *Mortal Kombat*. —Llevó una dona con glaseado rosa al pecho y miró a Zane—. Mi héroe.

—En serio, se los digo —dijo Zane—. Después de ese sueño con Hunter y el demonio... no sé, es como si hubiera desbloqueado algo dentro de mí. Cuando esos tipos atacaron, simplemente... pasó.

—¿Y crees que ese tal Hunter de tu sueño te dio estos... poderes? —preguntó Star.

Dexter asintió enérgicamente. —¡Fue increíble, Star! Un minuto estábamos acorralados y al siguiente, ¡STRIKE! Zane los derribaba como bolos.

—Fue una locura. No sé qué pasó, pero ese sueño se sintió totalmente real. El demonio, Demónika, se sintió tan real. Hunter también.

—Te dije que ese tipo estaba súper intenso en Snaxtime ayer. Tal vez solo se te metió en la cabeza —dijo Star.

Zane miró sus manos, aún intentando darle sentido a todo. —Todo está conectado. Tiene que estarlo. El diario, el sueño, el demonio, los asesinatos... este poder... Hunter... —Zane se dio cuenta de que estaba divagando. Levantó la mirada hacia sus amigos.

Star permaneció escéptica. —Entonces, ¿ahora eres, no sé, como... mágico?

—Ni siquiera lo sé —se encogió de hombros Zane.

Los ojos de Dexter brillaron de emoción. —¡Deberíamos probarlo! Veamos si puedes hacerlo de nuevo, Zane.

—Sí, Wonder Boy, veamos esto en acción. —Star terminó su café helado con un sorbo exagerado—. Hay un parque justo al otro lado de la calle. ¿Qué tal si vamos a probar esos superpoderes mágicos que, milagrosamente, te dio tu *dream crush*?

El parque viejo estaba desierto. Star había elegido el lugar perfecto: había muchas cosas para poner a prueba los supuestos poderes de Zane.

—¡Las barras! —gritó Dexter mientras corría hacia la estructura. Saltó y empezó a columpiarse. El metal estaba oxidado.

—Espero que tengas tus vacunas al día, Dexter —advirtió Star.

Se soltó de las barras y se frotó las palmas contra los jeans. —La fortuna es de los que se atreven, amigo mío.

—Okay, ¿qué tal ese columpio de allá? —retó Star a Zane—. Haz que se mueva.

—No creo que funcione así —Zane miró el columpio—. Pero, allá vamos.

Trató de conectarse con la energía misteriosa que había sentido antes esa noche.

Vamos, muévete. Concéntrate. Muévete.

El columpio no se movió. Sintió un cosquilleo en el estómago, pero bien podría haber sido el café y la dona de mermelada que acababa de comerse.

Podía sentir los ojos de Star taladrándole la nuca.

No te des por vencido. No puedes darte por vencido.

Fijó la vista en el columpio. El asiento de plástico naranja tenía una grieta en el medio. Dos cadenas desgastadas lo sostenían.

Muévete.

El columpio comenzó a moverse. Era sutil, pero perceptible.

—¿Lo estoy haciendo yo o solo es el viento? —preguntó Zane.

Star entornó los ojos. —Es difícil decirlo, pero definitivamente se está moviendo.

Dexter vitoreó— ¡Vamos, Zane, sí puedes!

Animado, Zane respiró hondo y se concentró aún más.

De repente, el cosquilleo en su estómago se volvió eléctrico.

El movimiento del columpio se hizo más marcado, crujiendo mientras ganaba impulso.

—¡Eso es! —gritó Dexter.

Star se acercó más—. Si de verdad estás haciendo esto, haz que se detenga y vuelva a empezar.

Zane asintió, sin apartar la mirada del columpio. Se imaginó que se detenía y canalizó toda su energía en frenarlo. Pero el columpio siguió balanceándose.

La sensación en su interior se desvaneció.

—Hmpf, debe ser la brisa después de todo —concluyó Star.

—No puedo hacerlo —murmuró Zane, derrotado—. Esto es una tontería.

—No te rindas. ¿Y si probamos otra cosa? —Dexter señaló el subibaja.

—Seguro, pero de verdad no sé qué estoy haciendo aquí, chicos —dijo Zane.

Se acercó al subibaja, se limpió el sudor de la frente y exhaló.

Hola, subibaja.

La viga de madera estaba astillada. Casi podía sentir cada borde irregular.

Dexter observó conteniendo la respiración—. ¡Vamos, Zane! ¡Creo en ti, wey!

Star estaba perdiendo la paciencia. —Uf, mejor retirarse con dignidad que hacer el ridículo.

Concéntrate.

Los minutos pasaron en silencio. Zane cerró los ojos.

Arriba... Abajo... Arriba... Abajo.

El subibaja se movió ligeramente.

—¡SÍ! —La emoción de Dexter fue inmediata—. ¿Vieron eso?

—¿Fuiste tú, Zane? —El escepticismo de Star comenzaba a desvanecerse.

Zane abrió los ojos—. ¿Se movió?

—Sí, pero apenas como un centímetro —respondió Star.

—¡Esta vez no fue el viento! —gritó Dexter.

Motivado por este pequeño éxito, Zane lo intentó de nuevo. Cerró los ojos y volvió a concentrarse.

Lo sintió: su cuerpo cargándose de energía como una batería. Lentamente, el subibaja volvió a moverse, inclinándose medio pie del suelo antes de regresar a su lugar.

Dexter aplaudió. —¡Esto es una locura! ¡Lo estás logrando de verdad!

Star también estaba emocionada. —Intenta que suba hasta arriba.

Zane exhaló, visualizando el objeto moverse con su voluntad.

Se inclinó hacia arriba hasta que la gravedad hizo lo suyo y lo bajó del otro lado.

Era extraordinario.

—¡No manches, esto está genial! —Dexter se rió como un niño pequeño. Corrió hacia un caballito de resorte con forma de conejo—. ¡Zane, haz este!

Zane se paró frente a él y extendió las manos.

Bueno, conejo, veamos qué puedes hacer.

El conejo era de metal y estaba pintado de azul celeste. Tenía mejillas blancas y regordetas y una nariz roja como un botón.

Tomó unos minutos, pero, efectivamente, empezó a temblar.

—Dios mío. —Star por fin se había convertido en creyente.

El cuerpo de Zane vibraba con energía. El conejo se balanceaba hacia adelante y atrás con facilidad.

Ya le estaba agarrando el truco, y la emoción de tener el control era vigorizante. Cada respiración profundizaba su conexión con el entorno, como si estuviera accediendo a una red de energía oculta.

Quería más.

Las extrañas palabras de Hunter en el sueño vinieron a su mente. Antes de darse cuenta, ya las había dicho en voz alta. —*Gloth urn zog.*

El conejito respondió al instante. Se balanceaba cada vez más rápido.

—Whoa, Zane... Tranquilo, amigo —la emoción de Dexter se apagó.

El movimiento del conejo metálico se volvió violento. Golpeaba el suelo de un lado a otro como si intentara acabar con su propia miseria.

Star tomó la mano de Dexter. —Eh... ¿Zane?

Con un crujido estremecedor, la cabeza del conejo explotó.

—¡Zane! —gritó Star cuando una de las orejas salió disparada hacia ella. Rozó una de sus coletas mientras saltaba para esquivarla.

—¡STAR! ¿Estás bien? —Dexter corrió hacia ella y la abrazó.

Estaba en shock.

Zane cayó de rodillas. Sus manos temblaban. —No sé qué pasó. No puedo controlar esto... —*sea lo que sea esto.*

Star volvió en sí—. Oh my God, eso estuvo, tipo, demasiado cerca. ¿Qué pasó?

—Creo que repetí lo que Hunter dijo en mi sueño. Simplemente salió —Zane estaba confundido—. Lo juro, ni siquiera sabía lo que estaba diciendo.

—Estoy bien —aseguró Star—. Pero, tipo, ¿qué tal si dejamos de lado los cánticos raros hasta saber qué significan? Y tal vez regresamos el libro al sótano, solo por si acaso. —Extendió la mano.

Zane sacó el diario de Snaxton de su mochila y se lo entregó a Star. Mantenerlo alejado de sus casas parecía lo más seguro por ahora.

Zane estaba acostado en su cama. El incidente en el parque lo había dejado conmocionado. Estos poderes, aunque estimulantes, eran peligrosos e incontrolables.

Y Hunter… Hunter era un enigma. La necesidad de verlo de nuevo, de obtener respuestas, era abrumadora.

Ansioso, apretó los puños. Venas prominentes serpenteaban por sus antebrazos, brillando tenuemente bajo la piel y palpitando al ritmo de su corazón. Flexionó los brazos, notando que sus músculos se habían vuelto más fuertes y definidos.

Saltó de la cama y agarró un par de pesas. Eran sorprendentemente ligeras. Se miró en el espejo. Con cada curl, sus bíceps se abultaban y crecían más grandes. Era una versión transformada de sí mismo, más esculpido y poderoso. *Wow.*

La ventana se abrió de golpe con una ráfaga de neblina rosa reluciente. Se acercó a ella. El cielo era un lienzo surrealista de terciopelo púrpura, con estrellas que titilaban como esmeraldas y la luna reluciendo como un enorme diamante.

Todo estaba vivo e intenso, conectado a él de una forma que no podía explicar. Cerró la ventana y volvió a la cama.

Justo cuando los ojos de Zane se cerraron, un golpeteo en la ventana lo despertó de golpe. Se bajó de la cama tambaleándose y se acercó, sus dedos abriendo el pestillo.

—¿Hunter? —la voz de Zane tembló al ver la figura encaramada afuera.

Un suave —Zane— flotó en el aire.

Hunter trepó por la ventana y entró a su habitación. Se sentaron en la cama y se quedaron frente a frente.

—¿Qué haces aquí? ¿Quién eres? —Zane no sabía por dónde empezar—. ¿Qué me hiciste? Estos… poderes. —Sonaba desesperado.

—Lo entenderás con el tiempo —Hunter inclinó la cabeza—. Yo no te di estos poderes. Te ayudé a encontrarlos.

La confusión de Zane creció aún más—. ¿Cómo? ¿Qué? Tengo mucho miedo.

—Te guiaré, te enseñaré. Tienes un gran poder dentro de ti, Zane. Eres especial.

—Okay, enséñame ahora —dijo Zane, enderezándose—. ¿Por dónde empezamos?

—Pronto —respondió Hunter—. Pero debo irme ahora.

La mente de Zane iba a mil por hora. —¡No puedes irte!

—Lo siento.

—Dime quién eres. ¿Esto está pasando de verdad? ¿De verdad estás aquí? —Zane se dio cuenta de que esto podría ser otro sueño—. Espera, si esto es real, encuéntrame mañana por la noche en el carnaval.

—Soy real.

—Entonces encuéntrame en el carnaval. ¡A las ocho!

—Estaré ahí.

Zane sujetó el muslo de Hunter. —Por favor, quédate.

Hunter colocó su mano sobre la de Zane. Sus miradas se encontraron. Una conexión estaba cobrando fuerza entre ellos. En ese momento, Zane se sintió completo.

Hunter acercó sus labios a los de Zane, rozándolos mientras susurraba: —Despierta.

Los ojos de Zane se abrieron con la luz de la mañana. *Hunter*. Estaba solo.

Se quedó acostado por un momento, intentando distinguir el sueño de la realidad. La única manera de saberlo con certeza sería en el carnaval.

Esta noche obtendría respuestas.

CAPÍTULO OCHO

Jake fregó el mostrador hasta que lo único que quedó fue su reflejo. Marjorie le había pedido que trabajara hasta tarde y cerrara en el último minuto, pero no le importó. De hecho, estaba súper emocionado, pensando en el palo de selfies para perros que quería comprar para el Instagram de Biscuits.

Con sus pods en los oídos, agarró un trapeador y comenzó a bailar alrededor de las mesas y sillas. La música alegre hizo que la tarea fuera menos aburrida. Se balanceaba y arrastraba los pies al ritmo, convirtiendo el trapeado en un pequeño baile divertido.

Jake pensó que no le haría daño grabar su baile con el trapeador. A pesar de la pesadilla del incidente con la salsa, no había sido totalmente cancelado. Aunque había sido la cara de probablemente uno de los peores lanzamientos de productos de la historia, sus fans más indulgentes todavía lo adoraban. Y ahora, finalmente estaba comenzando a ganar seguidores de nuevo. Claro, bailar con un trapeador podría parecer ridículo, pero a ellos les encantaría. Ya podía escuchar las notificaciones llegando.

Jake apoyó el trapeador contra una mesa y agarró su teléfono. Abrió la cámara del celular y se dio una revisada. Jake sabía que estaba guapo, sin pena alguna. Posó para su teléfono, haciendo un puchero con los labios y lanzando un guiño para darle un toque extra.

Miró a su alrededor buscando el mejor lugar para grabar. El mostrador junto a la caja registradora tenía la altura adecuada y ofrecía una buena vista del área de comedor para su baile. Colocó su teléfono contra la registradora y se aseguró de que el ángulo fuera perfecto.

Jake presionó grabar. Sostuvo el mango del trapeador cerca de él, transformándolo en su pareja de baile. Se balancearon juntos por el piso en perfecta armonía. El trapeador giró bajo su toque como si hubieran practicado juntos durante horas.

A mitad de la rutina, flexionó su bíceps y luego levantó juguetonamente su camisa para mostrar su impresionante abdomen de tabla de lavar. Deslizó los pies sobre los brillantes azulejos, luego saltó, giró y ejecutó una pirueta. Fue todo un espectáculo.

Detuvo la grabación. Sin duda, este video iba a conseguir un montón de likes. Al revisarlo, notó algo corriendo detrás de él mientras bailaba. Se quitó los pods de golpe y examinó la habitación. Nada. Volvió a mirar la pantalla y pausó el video. Lo que sea que pasó detrás de él era una figura borrosa, probablemente una de las ratas que habían estado causando problemas últimamente. Aunque, por el tamaño, ¡tendría que ser una rata gigantesca! Sacudió la cabeza, hizo algunos ajustes rápidos y publicó el clip.

Su teléfono comenzó a vibrar mientras las notificaciones llegaban una tras otra. Sintiendo una ola de validación, Jake dejó el teléfono, agarró dos bolsas de basura y se dirigió al contenedor detrás del restaurante.

Levantó la primera bolsa con un gruñido y la lanzó dentro del contenedor abierto. Aterrizó con un golpe hueco. Desde el interior del contenedor, algo comenzó a crujir.

Su mente, intentando encontrar una explicación racional, se enfocó en el culpable habitual: ratas. El área detrás de Snaxtime tenía su cuota de carroñeros nocturnos. Lo descartó como algo típico. Con un segundo intento de valentía, levantó la siguiente bolsa y la lanzó al contenedor.

La bolsa cayó con otro golpe seco y luego... silencio. Pero el silencio no duró mucho. Un gruñido gutural emergió de las profundidades del contenedor.

Esto no era una rata.

A Jake se le puso la piel de gallina. Le dio una buena patada al contenedor.

El gruñido se detuvo. Jake se quedó inmóvil con los ojos fijos en el contenedor. Cada pequeño sonido parecía más fuerte: el goteo constante de una tubería con fuga, la alarma de un auto a lo lejos, incluso su propia respiración.

Pasaron varios momentos con el corazón en vilo, pero el sonido no volvió a aparecer. Jake regresó al interior.

Se detuvo a medio paso, justo antes de llegar a la puerta del restaurante, cuando algo soltó una risita detrás de él.

Preso del pánico, obligó a su cuerpo a darse la vuelta.

Una diminuta criatura estaba frente al contenedor, de pie sobre dos patas con garras. Su piel de un verde enfermizo estaba cubierta de una baba viscosa. Calva y de aspecto repulsivo, su rostro estaba dominado por dientes afilados y deformes. De su boca goteaba una baba verde.

El diablito sostenía una nugget de pollo en sus garras, masticando su crujiente botín. Jake dejó escapar un jadeo, y la criatura levantó la mirada. Soltó la nugget, sus ojos diminutos fijándose en Jake. Silbó y comenzó a acecharlo como un gato en caza.

El cuerpo de Jake se inundó de adrenalina mientras corría de regreso al restaurante y cerraba la puerta de golpe. La puerta tembló con golpes agresivos y arañazos frenéticos del otro lado.

Empujó una mesa contra la puerta. Los golpes se detuvieron. Estaba sudando y temblando. Mientras retrocedía, tropezó con el trapeador y el balde, derramando agua jabonosa por el suelo.

Jake se estabilizó. Se quedó lo más quieto que pudo.

Entonces lo oyó: un sonido, más parecido a una melodía. Era seductor y suave, despertando algo dentro de Jake. Siguió la canción hasta la cocina. Provenía del congelador industrial.

El miedo le decía que corriera y se escondiera detrás del mostrador. Pero la música lo atraía. Sus piernas se sentían como si fueran de cemento, moviéndose por su cuenta. Cada paso hacia el congelador era como avanzar a través de melaza espesa.

Extendió la mano hacia la puerta del congelador, pero se abrió sola. Un aroma embriagador se filtró hacia afuera: el olor de la tentación. Entró más profundo en la helada cámara.

La puerta se cerró de golpe detrás de él. La sacudida repentina de la realidad lo golpeó con fuerza y rompió su trance.

Empujó la puerta, pero estaba cerrada con llave. Estaba atrapado.

El frío se filtró a través de su ropa y mordió su piel. Sus dientes castañeteaban.

Golpeó la puerta con los puños. No se movió. Su fuerza física no lo salvaría.

Estaba completamente oscuro.

De la nada, unos dedos helados se deslizaron bajo su camisa y subieron por su torso. Trazaron patrones en su piel mientras recorrían su pecho liso. Sus músculos se tensaron.

Las manos no se detuvieron. Se deslizaron hasta sus hombros y luego bajaron hacia sus bíceps temblorosos. La sensación era desconocida pero electrizante, como hielo chispeando con calor. Jake estaba empezando a excitarse.

Justo cuando comenzaba a perderse, una voz de mujer rozó su oído.

—Jaaaake...

Una aterradora revelación lo golpeó. Estaba en peligro.

Un calor repentino, como el aliento de un dragón, le quemó el cuello. Su miedo se intensificó, asfixiando su valentía y retorciendo su mente.

Movió los brazos en el aire con arcos frenéticos. Pero no había nada ahí.

Las manos invisibles que habían estado acariciando su piel de repente atacaron. Unas garras afiladas rasgaron su camisa, dejando surcos ardientes en su carne.

El dolor era insoportable. Sus manos se agitaban intentando detener la fuerza, solo para acabar sobre su propia piel, resbalosa y húmeda de sangre. El olor metálico se filtró en sus fosas nasales. Podía escuchar cómo su sangre salpicaba el suelo.

Dos ojos relucientes surgieron de la nada.

Jake aulló. Pero su grito fue ahogado.

El restaurante estaba en silencio, excepto por los pings del teléfono de Jake, acumulando likes en lo que sería su última publicación.

CAPÍTULO NUEVE

Zane patinaba por las calles mientras la rueda de la fortuna aparecía en el horizonte. Su mente estaba a la deriva. Desde aquella noche en el lago, cuando casi besó a Star, se había preguntado si ella realmente sentía algo por él. Sin embargo, con la amenaza del demonio acechando, el romance había quedado en segundo plano.

Aun así, no podía negar que había una conexión. ¿O sí podía? Porque ahora estaba Hunter.

¿Cómo era posible que Zane se sintiera tan consumido por alguien que apenas conocía? ¿Qué extraño hechizo hacía imposible concentrarse cada vez que Hunter invadía sus pensamientos? En comparación, sus sentimientos por Star parecían infantiles, como un enamoramiento de secundaria.

Hunter había encendido una llama obsesiva, y Zane apenas se reconocía a sí mismo. *¿Me estoy enamorando?*

Lo único que Zane sabía era que necesitaba ver a Hunter otra vez esta noche.

Y, así de simple, él estaba ahí.

Hunter brillaba bajo las luces del carnaval. Iba vestido de pies a cabeza de negro, con una chamarra bomber de satén brillante, jeans y botas.

—Viniste —dijo Zane, sonrojándose. *No fue solo un sueño.*

—Hola, Zane. Me alegra que estés aquí.

Se veía tan hermoso.

—Necesito... necesito saber... ¿Quién eres?

—Ven conmigo —dijo Hunter, guiando a Zane entre la multitud—. Nunca he estado en uno de estos antes —confesó, con la mirada recorriendo la bulliciosa escena.

Zane levantó una ceja. —¿En serio? ¿Virgen de carnaval?

Hunter sonrió. —Hay muchas cosas que nunca he hecho.

Zane tomó a Hunter del brazo y lo llevó a un lugar tranquilo detrás del Tilt-a-Whirl. Se giró para encararlo. —Okay, man, basta de secretos. ¿Quién eres realmente? ¿Y qué está pasando?

—Te lo contaré todo, Zane. Pero es una historia larga.

—Tengo toda la noche.

—Entonces empezaré —dijo Hunter mientras se sentaba en una banca, y Zane se sentó a su lado—. Todo comenzó hace 300 años, cuando Paradise Falls era solo un pequeño pueblo. Hubo una serie de asesinatos. Los hombres eran masacrados, y sus cuerpos se encontraban en pedazos.

—Justo como lo que ha estado pasando aquí, ahora —dijo Zane.

—Sí.

—¿Y qué pasó?

—Los aldeanos no creían que un humano pudiera haber hecho algo así: destrozar a los hombres como si fueran presas. Tenía que ser algo salvaje, algo peligroso. Buscaron en el bosque a los animales responsables, pero el culpable seguía siendo un misterio.

—Las muertes se acumularon durante meses. Finalmente, un grupo de cazadores encontró una cueva en lo profundo del bosque. En ella vivía una reina demonio. Era una seductora, un súcubo con un hambre insaciable por los hombres. Consumía sus almas para alimentar su poder.

Zane estaba cautivado. —Demónika.

—Sí.

—¿Qué le hicieron?

—Era demasiado poderosa para matarla. En su desesperación por detenerla, los líderes del pueblo recurrieron a la hechicería más poderosa. A través de un ritual arcano, lograron enterrarla...

La repentina interrupción de cuatro adolescentes escandalosos rompió el momento. Tropezaron hacia Zane y Hunter, riendo y apestando a mota y tequila.

Uno de ellos, un chico con una gorra de béisbol al revés, extendió un porro.

—Eh, bros, ¿quieren un jalón?

Hunter parecía confundido. Zane se puso de pie.

—Nah, wey, estamos bien, gracias. —Tiró de Hunter para levantarlo de la banca y señaló una atracción cercana—. Vamos a ver eso.

Se acercaron al Túnel del Amor, donde los esperaba un bote con forma de cisne.

—¿Qué clase de atracción es esta? —preguntó Hunter mientras se sentaban. Música de soft rock salía de la entrada con forma de corazón frente a ellos.

—Digamos que aquí estará tranquilo —dijo Zane, casi disculpándose.

Mientras el bote se alejaba de las miradas y oídos curiosos hacia el túnel rosa, Zane insistió para obtener más respuestas.

—Entonces, ¿qué pasó después de que metieron a Demónika en la tumba?

—Surgió una orden clandestina, dedicada a mantener al pueblo a salvo de la influencia del demonio para siempre. Diseñaron un arma poderosa contra ella: un hechizo que pasarían a través de sus descendientes, otorgando a su linaje el poder de desterrarla si alguna vez lograba escapar.

—¡Y ha escapado! Entonces, solo necesitamos encontrar a un *descendiente* —Zane finalmente estaba obteniendo respuestas.

Hunter advirtió que el poder de un descendiente también podría ser usado para resucitar permanentemente al demonio.

—Se formó una secta oscura junto a la orden. Creían en la supremacía de Demónika y querían liberarla. Apuntaron a los descendientes para su plan, usando el engaño y la astucia para ocultar sus verdaderas intenciones.

—Entonces, necesitamos encontrar a un descendiente antes que ellos.

—Los ancianos del pueblo estaban decididos a evitar que la secta oscura tuviera éxito. Crearon un guardián tallándolo de la roca de la tumba —explicó Hunter—. Este guardián vigilaría a Demónika. Si alguna vez escapaba de nuevo, la estatua cobraría vida y encontraría a un descendiente que pudiera volver a sellarla.

Zane estaba luchando por entender.

—Okay, entonces necesitamos encontrar al *guardián*, para que él pueda encontrar a un *descendiente* y desterrar al demonio de vuelta a su tumba. Entendido. Ahora, ¿cómo encontramos a ese guardián? —preguntó.

—No necesitamos encontrarlo —Hunter apoyó su mano en el hombro de Zane—. Porque ya te he encontrado a ti.

—¿Cómo que qué?

—*Yo* soy ese guardián. Y tú, Zane Hawthorn... *Tú* eres el último descendiente.

Zane estaba aturdido. Luego, su mente quedó completamente en blanco. Vio el paisaje de ensueño que se desplegaba a su alrededor en el túnel: una luna artificial, pérgolas cubiertas de rosas y un castillo de cuento de hadas pintado en la distancia. Pero, a medida que la música del paseo aumentaba, la revelación de Hunter volvió a ocupar su mente.

Hunter mantuvo la voz firme. —El hechizo ritual que tú y tus amigos realizaron en Snaxtime… Rompió las cadenas que ataban a Demónika. La liberaron.

La culpa ardía.

—Esto no fue tu culpa, Zane —se apresuró Hunter a consolarlo.

—Pero acabas de decir que la liberé.

—Fuerzas antiguas estaban en juego. Esta magia te marcó mucho antes de que lo supieras. Siempre iba a encontrarte.

Zane bufó —Pues, me encontró.

Hunter continuó —Y ahora te he encontrado. La fuga de Demónika provocó mi despertar. Salí en tu búsqueda, a ser tu mentor y a guiarte hacia tu destino.

Era una realidad difícil de aceptar, pero Zane sabía, en el fondo, que las palabras de Hunter eran ciertas.

Es mi destino.

El recorrido del Túnel del Amor terminó.

—Bueno, eso fue romántico —bromeó Zane.

Se dirigieron a la rueda de la fortuna. Mientras ascendían hacia el cielo nocturno, el mundo de abajo se encogió.

—Este demonio solo ha sido liberado una vez antes, hace décadas. —La cabina se balanceaba mientras Hunter continuaba su relato.

—Leímos sobre eso en la biblioteca. ¿En los años 70?

—Sí, fue invocada —dijo Hunter.

—¿Quién haría algo así?

—Fue… Harold Snaxton.

—¡¿QUÉ?! —Las piezas del rompecabezas comenzaron a encajar—. Su diario…

—La línea de Harold ha estado entrelazada con la secta oscura por generaciones. Su diario era su obsesión. En él documentó extensas investigaciones, conjuros y sus experimentos con lo sobrenatural. El conocimiento recopilado impregnó el diario con un poder único. Dedicó toda su vida a resucitar a Demónika de forma permanente.

—¿Pero alguien lo detuvo?

—Tu tío abuelo. Él fue el último descendiente antes que tú.

—¡¿Tío *Reginald*?!

—Y no estaba solo… muchos, incluyéndome a mí, se unieron a él para desterrarla.

—¿Estuvo mi padre ahí? ¿Tú lo conocías también?

—Tu padre era muy joven en ese entonces. Solo un niño. Se parecía mucho a ti, Zane.

—¿Sabes qué le pasó a él? ¿A mis padres?

—No lo sé. Nunca los conocí en su adultez. Mi deber me ha mantenido atado a la tumba, vigilando a Demónika. Pero esto es seguro: tú eres el último de tu linaje.

—A ver, déjame entender esto. ¿De verdad me estás diciendo que soy el último de una línea de antiguos hechiceros caza-demonios, y que mi destino es patearle el trasero a una demonio de vuelta al Infierno, o estamos fritos? —Zane estaba bromeando, pero no sonreía. —Esto *no puede* ser real. Es un sueño, ¿verdad?

—El mal está resurgiendo, Zane.

—Esto es... es mucho. —Zane se tomó un momento.

Hunter extendió la mano. —Estoy aquí para ti. Te entrenaré y te enseñaré sobre tus poderes. Empezamos esta noche.

Puedes con esto.

Zane exhaló. —De acuerdo, hagámoslo.

Cuando la cabina tocó el suelo, miró a Hunter y sonrió. —Espera, ¿de verdad nunca has ido a un carnaval?

Hunter se encogió de hombros con timidez.

—Carnal, antes de empezar el entrenamiento, tengo unas cuantas cosas que enseñarte.

Zane estaba ansioso por compartir las maravillas del carnaval con Hunter. Caminaron hacia una fila de camiones de comida. Zane pidió dos corn dogs.

—Empecemos con esto —dijo mientras les añadía hilos de mostaza.

Hunter examinó el perro frito con fascinación y le dio una mordida. Sus ojos se iluminaron. —Mmm, esto es… ¡increíble! —exclamó maravillado. Un poco de mostaza se quedó en la comisura de sus labios.

—*Totalmente* increíble —soltó una risita Zane.

—Sí, *totalmente* increíble —asintió Hunter.

—Deberías probar algodón de azúcar ahora —dijo Zane mientras compraba una vara en el siguiente puesto. Le pasó la nube rosa a Hunter, quien dio un mordisco curioso. Los hilos azucarados se derritieron al instante en su lengua.

—Es curiosamente delicioso —comentó Hunter con una expresión de sorpresa.

Mientras caminaban, Zane notó el asombro infantil en los ojos de Hunter. Había algo conmovedor en verlo disfrutar de la sencilla diversión del carnaval.

Su camino los llevó a un juego de Prueba de Fuerza. Un tipo corpulento, cubierto de tatuajes, agarró el mazo con los músculos marcados y lo balanceó con todas sus fuerzas. El disco subió disparado y sonó la campana con fuerza. La multitud vitoreó.

Zane, impresionado, empujó a Hunter juguetonamente. —¿Crees que puedes superar eso? —bromeó.

Hunter observó el juego con diversión. —Lo intentaré.

Se acercó al juego y agarró el mazo. Balanceó con facilidad. El disco no solo hizo sonar la campana, sino que atravesó la parte superior, saliendo disparado por el aire y cayendo con un estrépito varios metros más allá.

La multitud estalló en aplausos y vítores. Zane se quedó boquiabierto, incrédulo. —¿Cómo lo…?

Hunter guiñó un ojo mientras le devolvía el mazo al atónito feriante, quien le entregó como premio un enorme mico de peluche con gafas de sol.

—Eres un talento natural —dijo Zane, impresionado. Hunter era más fuerte de lo que aparentaba.

Siguieron hasta el camión de buñuelos de manzana. El aroma a dulce canela y masa frita era embriagador.

—Y ahora, ¡la atracción estelar! —dijo Zane, mientras pedía un lote de buñuelos de manzana y dos raspados gigantes de uva. El vendedor les entregó una bolsa con los dorados manjares espolvoreados con azúcar, junto con enormes vasos de bebida helada color morado.

Hunter se metió uno entero en la boca. Cerró los ojos de puro placer mientras masticaba. —Esto es... lo mejor.

—Épico, ¿no?

Hunter se comió otro. —*Totalmente* épico —dijo con la boca llena.

Zane sonrió. —Sabes… recuerdo haber venido a un carnaval como este con mis padres. Es uno de los pocos recuerdos que tengo de ellos.

Los ojos de Hunter se suavizaron. —Un recuerdo feliz.

—Sí, claro. Principalmente recuerdo la comida. Creo que por eso me encantan tanto estos buñuelos. Es un recuerdo vago, pero está ahí —dijo Zane con nostalgia—. ¿Tienes algún recuerdo así?

La alegría en la expresión de Hunter se desvaneció. —Mi pasado es... complicado.

Zane percibió el cambio en el ánimo de Hunter. —Oh, perdón, yo... no estaba pensando. Pero oye, todo está bien. Quiero decir, eres la persona más genial que he conocido. Y has cambiado mi vida para siempre. Nunca olvidaré eso.

Una sonrisa volvió al rostro de Hunter. —Yo no cambié tu vida. Esto siempre fue tu destino. Pero me alegra ser parte de ello. Mi tiempo contigo es un recuerdo que siempre atesoraré.

Zane levantó su vaso gigante. —Por muchos más recuerdos juntos.

Hunter siguió sonriendo mientras sorbía su granizado, pero había melancolía en sus ojos.

La dulzura del momento se mezclaba con las delicias en sus manos.

—Debemos empezar ya —Hunter guió a Zane a un lugar apartado detrás de la rueda de la fortuna—. Tienes una habilidad natural, como en el parque de juegos. Te estuve observando —reveló.

—¿Me viste? —Zane estaba sorprendido.

—He estado... observando, esperando...

—¿Esperando qué?

—A que descubrieras tu poder por tu cuenta. Ahora puedo enseñarte a usarlo. —Hunter tomó las manos de Zane—. Concéntrate en tus manos, son tus herramientas principales para canalizar energía.

Señaló un contenedor de reciclaje rebosante.

—Empecemos con algo sencillo. Intenta mover una de esas latas. Visualiza la energía comenzando desde tu pecho. Deja que fluya hacia tus brazos y salga por la punta de tus dedos.

Zane extendió las manos y se concentró en una lata de refresco. Tratando de recrear el estallido de energía que sintió en el parque, se enfocó con todas sus fuerzas. Una sensación de hormigueo comenzó en su pecho, se expandió hacia sus brazos y salió por la punta de sus dedos.

La lata se tambaleó y luego rodó fuera de la pila de basura.

—¿Ves? —aseguró Hunter—. Estás manipulando objetos físicos usando tu energía. Ahora muévela del suelo y colócala derecha sobre esa mesa de allá.

Las yemas de los dedos de Zane aún zumbaban, cargadas de energía. Miró la lata con confianza.

—Concéntrate —alentó Hunter.

Zane imaginó haces de energía conectando sus dedos con la lata. Para su sorpresa, esta realmente comenzó a flotar.

—Bien, mantenla firme —dijo Hunter.

La lata voló por el aire y aterrizó sobre la mesa.

—¡Lo logré!

—Vas por el camino correcto, Zane. Pero recuerda, sin control, tu don puede volverse impredecible.

—Se trata de precisión —dijo Zane.

—Precisamente —respondió Hunter—. El poder conlleva una responsabilidad. Estás aprendiendo rápido, pero recuerda siempre ser consciente de tu fuerza y de las posibles consecuencias.

La música estridente resonaba desde los carritos chocones cercanos mientras Hunter señalaba al mico de peluche que había ganado, ahora descansando en una banca.

—Intentemos algo diferente. Haz que el animal baile.

Zane observó el mico de peluche, con sus extremidades desproporcionadas colgando de forma cómica. Se concentró en el bajo potente, imaginando al mico balanceándose al ritmo. Extendiendo las manos, intentó obligarlo a moverse. El mico tembló ligeramente, pero permaneció inmóvil.

—Está bien, Zane, intenta usar tu voz. A veces, un comando verbal puede ayudar a enfocar tu intención.

Zane dirigió su atención al juguete. —Baila.

El mico se estremeció y luego comenzó a moverse de manera errática.

—Otra vez —alentó Hunter.

—¡BAILA! —exigió Zane con autoridad.

—Contrólalo, Zane. Deja que el ritmo te guíe—indicó Hunter mientras la música retumbaba de fondo.

Las manos de Zane temblaban de energía. Tenía que lograrlo. Sin pensarlo, las palabras salieron de él, como si vinieran de algún lugar profundo dentro de sí—. *¡GLOTH URN ZOG!*

El mico explotó en un estallido violento, esparciendo sus restos en una tormenta de relleno. Zane retrocedió tambaleándose, con la respiración entrecortada, mirando las piezas destrozadas en estado de shock.

—No... no quise hacerlo —tartamudeó Zane—. Las palabras... simplemente salieron.

—¿Sabes lo que acabas de decir? —Hunter tenía una expresión seria.

Zane negó con la cabeza. —No, simplemente... pasó.

—Eso fue Zoghrul —dijo Hunter—. Un idioma antiguo, poderoso más allá de toda medida. Amplifica la magia y hace los hechizos más fuertes. Pero si no sabes cómo controlarlo, puede ser peligroso. *Muy* peligroso.

—¿Zoghrul? Ni siquiera me di cuenta de que estaba diciendo algo. Fue como en el parque, cuando el conejo explotó.

—Sí, exactamente como en el parque —dijo Hunter—. Las mismas palabras, el mismo resultado.

—Dijiste esas palabras contra Demónika en mi sueño... ¿Qué significan? —preguntó Zane.

—No hay una traducción directa. El hechizo que usé, y que tú repetiste, puede repeler o incluso desterrar el mal. Pero Zoghrul no es solo un idioma. Es poder puro. Y si no sabes lo que significan las palabras o cómo controlarlas...

—¿Entonces qué hago? —interrumpió Zane.

—Por ahora, tienes que concentrarte en controlar tu energía: usar tus manos y tu voz con precisión. Con práctica, lo lograrás. Pero hasta entonces, no uses Zoghrul. ¿Entendido?

—Sí… entiendo. —Zane miró al mico destruido y se dio cuenta de lo peligroso que podía ser su poder—. Lo haré mejor.

Hunter asintió. —Ahora sigamos. Hay más por aprender.

A medida que el entrenamiento de Zane se volvía más intenso, comenzó a manipular objetos con creciente facilidad usando sus manos. Sin embargo, dominar los comandos de voz seguía siendo un desafío.

Su confianza estaba creciendo, al igual que su apego a Hunter. Zane no quería que la noche terminara. Nadie se había preocupado por él de esta manera. Entonces recordó cómo Hunter lo había dejado en su sueño. Todos siempre lo habían dejado.

Odiaba la idea de estar solo otra vez.

Ya era tarde, pero aún quedaba tiempo para divertirse un poco antes de que cerrara el carnaval. Zane recorrió el horizonte con la mirada y divisó una casa de la risa iluminada con neón llamada El Hellhole. Cerca de la entrada, las lápidas inclinadas se alineaban mientras esqueletos de plástico colgaban de cadenas. Los payasos asesinos exagerados, con sonrisas desquiciadas, lo observaban desde las ventanas con barrotes. El edificio estaba decorado con franjas en zigzag.

Zane agarró la mano de Hunter. —¿Alguna vez has estado en una casa de la risa? —Antes de que Hunter pudiera responder, Zane lo arrastró hacia las puertas tentadoras de El Hellhole.

Hunter dudó mientras cruzaban el umbral. —Espera...

Pero ya era demasiado tarde. Zane ya había entrado, y Hunter había desaparecido.

—¿Hunter?

Zane estaba solo en un vestíbulo de entrada. Entrecerró los ojos mientras se acostumbraban a la penumbra de la habitación. Estaba decorada como una clásica casa embrujada: los candelabros parpadeaban, las telarañas se extendían por las esquinas y el papel tapiz se desmoronaba de las paredes.

¿Pero dónde estaba Hunter? Zane se giró y abrió la puerta hacia el exterior otra vez, pero no había nadie.

Se quedó inmóvil al escuchar la voz de Hunter llamándolo desde algún lugar por dentro.

¿Qué está pasando?

Frente a él, tres puertas competían por su atención. Una tenía la figura de un querubín, con las manos juntas en señal de adoración. Otra estaba envuelta en cadenas y candados. Y la tercera puerta estaba cubierta de enredaderas espinosas. Zane extendió la mano hacia la puerta con el ángel.

Entró en una capilla que no tenía nada de sagrado. Una cruz de neón rojo colgaba desafiante al revés. A lo lejos, sonaban las notas sombrías de un órgano.

—¿Hunter?

Debajo de la cruz había un altar, donde un cáliz lleno de sangre derramaba su contenido como una fuente. Unas velas negras rodeaban el altar y se alineaban a lo largo de las paredes. Las ventanas de vitrales mostraban escenas aterradoras del Infierno.

Pero fue la figura solitaria en el primer banco lo que captó la atención de Zane. Una monja con un hábito tradicional estaba arrodillada en oración. Cuando Zane se acercó, ella giró bruscamente con un movimiento mecánico y reveló un rostro esquelético. Un chillido ensordecedor y un repentino soplo de aire viciado acompañaron el movimiento. Pensó para sí mismo en lo impresionantes que eran los accesorios y los efectos especiales para un carnaval local cualquiera. Aunque a Zane le encantaban las buenas casas embrujadas, su atención permanecía fija en encontrar a Hunter.

A su izquierda, una puerta se abrió con un chirrido fuerte. Era un confesionario, del cual emanaba una bocanada de humo. Zane entró.

Se sintió claustrofóbico en el oscuro confesionario. Desde detrás de la rejilla enrejada, dos ojos rojos lo miraban fijamente, mientras susurros recitaban un Ave María corrompido, mezclado con una respiración pesada. Al examinar el confesionario, descubrió que la pared a su lado ocultaba una pequeña puerta. La empujó y se arrastró a través de ella.

Zane avanzó hacia una nueva habitación: un salón de espejos. La puerta se cerró de golpe, encarcelándolo dentro de una red de reflejos distorsionados. Una música de circo distorsionada resonó con fuerza.

Zane deambuló por el laberinto mareante, con su propio reflejo retorcido y alargado en los vidrios.

—¡HUNTER!

La imagen de Hunter se desplegó a través de varios paneles de vidrio. Zane persiguió la esquiva aparición, su desesperación aumentando mientras esta seguía dividiéndose y multiplicándose, siempre fuera de su alcance.

Finalmente, tropezó con un pasillo alargado. Al final del corredor había una puerta negra, enmarcada por tiras de luz rosa. Una niebla verde se filtraba por debajo.

Una voz femenina cantó su nombre: —Zaaane...

La niebla se volvió más densa. Cuando abrió la puerta, fue arrojado instantáneamente al mismo mundo demoníaco de su sueño.

El cielo rojo estaba manchado por nubes negras. El suelo ondulaba bajo sus pies, como si estuviera vivo. El penetrante olor a azufre le atacó las fosas nasales.

Y allí estaba, el fantasma hechizante de su pesadilla. El pánico atrapó a Zane. No había una salida visible. La canción de la sirena se hizo más fuerte, anclándose más profundo y dejándolo clavado en el lugar. El blanco de sus ojos se volvió negro.

La sonrisa de Demónika se ensanchó de manera antinatural en su rostro. —Únete a mí —su voz resonó—. Juntos completaremos mi regreso. Reinaré por siempre. ¡Diablitos, levántense, obedezcan mi canto! —Se elevó en el aire y comenzó a recitar en Zoghrul.

— *¡TUROG, SKRAB, KLIVO NIHZ DRON!*

Su aria agitó la niebla en una tormenta a su alrededor. El suelo bajo Zane se convulsionó. Decenas de pequeñas garras afiladas surgieron de la tierra temblorosa, revelando un ejército de diminutas criaturas verdes. Salieron disparadas del suelo y se congregaron a los pies del demonio. Sus formas deformes crearon una montaña retorcida de carne.

Atrapado por su voz, Zane fue atraído hacia la figura flotante. Comenzó su peligrosa ascensión por la montaña palpitante de monstruos retorciéndose.

Los dedos de Demónika se curvaron, llamándolo más cerca. Cuando Zane llegó hasta la demonio, cayó de rodillas. Ella lo envolvió en un abrazo apretado e implacable.

De repente, una fuerza poderosa arrancó a Zane del agarre de Demónika, lanzándolo hacia atrás. Una luz cegadora explotó, engullendo todo en blanco.

Los ojos de Zane parpadearon al abrirse.

—Estás a salvo aquí —susurró Hunter. Zane estaba acunado en sus brazos.

Estaba en un mundo completamente diferente a cualquier cosa que hubiera visto antes. Los nubes de colores pastel, rosa y azul, flotaban en un cielo como pintado con aerógrafo.

A su alrededor, las formaciones de cristal emergían del suelo, con sus cuerpos relucientes desafiando cualquier noción de gravedad terrenal.

Zane notó que Hunter se había transformado en una visión de esplendor celestial. Su piel, impecable y tersa, parecía de mármol puro, y su cabello brillaba como plata. Estaba envuelto en una capa verde, que abrió para revelar una esmeralda incrustada en su pecho esculpido.

La joya, tallada en forma de ojo, palpitaba con luz como un latido. —Este es mi ojo vigilante. —Guiando con suavidad, tomó los dedos de Zane y los acercó a la piedra. Esta se encendió al contacto, hinchándose y bañándolos en luz.

—Wow. —Zane se sintió eufórico.

—Me guió hasta ti.

Cuando Zane retiró la mano, la luz de la piedra se atenuó. —¿Qué hacemos ahora?

—La tumba de Demónika está justo debajo de Snaxtime —reveló Hunter—. Debes desbloquear el hechizo del destierro oculto en el diario y realizar el ritual durante el próximo eclipse lunar de sangre total. Pero ten cuidado, en las manos equivocadas, este hechizo puede amplificar sus poderes, haciéndola invencible.

El corazón de Zane se aceleró. —¿Qué? ¿Cuánto tiempo tengo? —preguntó, con la desesperación asomándose en su voz.

—El eclipse es mañana por la noche, a medianoche.

La voz de Zane tembló. —Estarás conmigo, ¿verdad? ¿Me ayudarás? Ayúdame a encontrar el hechizo y a hacer el ritual. Te necesito.

Hunter suspiró. —Mi presencia en el reino terrenal consume una enorme cantidad de energía. Si gasto demasiada ahora, no estaré aquí cuando más me necesites.

—Te guiaré, Zane, pero no puedo estar contigo en cada paso del camino. Debes enfrentar este desafío por tu cuenta. Es la única manera en que te volverás más fuerte y te convertirás en quien estás destinado a ser.

El corazón de Zane se encogió. —Pero... ¿y si no puedo hacerlo sin ti?

—Cuando llegue el momento, me entregaré a ti. Te daré toda la fuerza que necesites, incluso si eso significa renunciar a todo lo que tengo. Creo en ti, Zane. Pero debes creer en ti mismo. Tú tienes que completar esta misión.

Zane asintió, aunque la duda todavía lo atormentaba.

Hunter continuó: —Recuerda, siempre estoy contigo, incluso cuando no puedes verme. Pero esta lucha... tiene que ser tuya. Conocerás el camino. Confía en eso.

Un millón de preguntas inundaron la mente de Zane, pero antes de que pudiera expresar alguna, la esmeralda de Hunter se encendió.

Zane se sobresaltó al encontrarse solo en la cima de la rueda de la fortuna.

Miró hacia el horizonte de la ciudad mientras la atracción descendía. A lo lejos, pudo ver Snaxtime, enclavado en una colina distante. Una inquietante penumbra parecía envolverlo.

Esa noche, Zane había descubierto que su destino estaba irrevocablemente entrelazado con un reino de magia y un mundo secreto que hasta ahora desconocía.

Su misión era clara: reunir a sus amigos, desenterrar el hechizo del destierro y utilizar sus poderes ancestrales para enviar a la reina demonio de vuelta a su prisión subterránea.

CAPÍTULO DIEZ

Zane envió un mensaje a Star y a Dexter: *Reúnanse en Snaxtime AHORA.*

Estaba sin aliento cuando llegó. Zane sabía que estaba invitando a sus amigos a un peligro. Pero necesitaba su ayuda. Juntos eran más fuertes.

El carro de Star derrapó al entrar al estacionamiento. Ella y Dexter salieron de un salto.

—Mira... —Dexter señaló una camioneta azul estacionada hacia el fondo—. ¿Esa es la de Jake? ¿Todavía está aquí a esta hora?

—Qué raro. —Zane ni siquiera había notado la camioneta de Jake. El restaurante parecía oscuro y vacío—. No parece que esté adentro.

Star descartó la preocupación. —Seguramente alguien pasó por él para irse de fiesta. Lo hace todo el tiempo.

—Entonces, ¿qué está pasando, Zane? ¿Por qué estamos aquí? —preguntó Dexter.

—Hay tanto que explicarles. —Zane se pasó la mano por el cabello. Su bíceps era notablemente más grande.

—Uf, sexy, ¿has estado haciendo ejercicio? —Star agarró su brazo.

—Sí, algo así… —Zane se miró a sí mismo—. He estado… entrenando. —Se sumergió en su historia. Detalló su encuentro con Demónika y todo lo que Hunter le había revelado. Era mucho que digerir, pero Star y Dexter lo escucharon sin interrumpir.

—¡Eso es, tipo, totalmente increíble, Zane! Pero estamos contigo, ¿verdad, Dex? —Star se giró hacia Dexter.

Dexter hizo un saludo. —¡Patrulla Demonios, lista para el deber!

—Tenemos que encontrar ese hechizo del destierro —insistió Zane—. Es la única manera de detenerla. Está en algún lugar del diario. Pensé que podríamos reunirnos aquí y buscarlo juntos.

Dexter se encogió de hombros. —Entonces, ¿qué estamos esperando?

El trío entró a Snaxtime.

Zane accionó el interruptor de la luz, pero no pasó nada. —No hay electricidad.

Sacaron sus teléfonos para iluminar el camino hacia el sótano.

—¡Ahhh! —Dexter pisó un charco de agua jabonosa y resbaló. Star y Zane escucharon el golpe de su caída.

—¡Dexter! —la voz de Star resonó—. ¿Estás bien?

—¡Auch! —gruñó Dexter, avergonzado. Vio una cubeta volteada junto a él.

—Con cuidado, Dex. —Zane le ofreció la mano y lo ayudó a levantarse.

Dexter recogió la cubeta. —Qué raro, Jake nunca dejaría un desorden así. —Luego llamó—: ¡Oye, Jake!

No hubo respuesta.

Bajaron al sótano. Star fue directo hacia una caja escondida en un rincón donde había guardado el diario.

Hojearon las páginas del libro. El diario era un mosaico de lo extraordinario. Las notas de Harold Snaxton estaban en inglés y en lo que ahora sabían que era Zoghrul. El lenguaje antiguo era desesperadamente críptico, y no podían descifrarlo. Esto hacía que la tarea de encontrar el hechizo del destierro fuera casi imposible.

—Debe haber una forma de traducir esto —dijo Star.

Dexter soltó una risa. —Ja, no creo que Google Translate sepa *Zoghrul*.

Algo en el libro llamó la atención de Zane: una ilustración de una joya que lucía exactamente igual al ojo de esmeralda de Hunter. Pero antes de que pudiera decir algo, un estruendo desde el piso de arriba los sobresaltó.

—¿Qué fue eso? —susurró Star con miedo. Zane guardó el diario en su mochila, y subieron las escaleras con sigilo para investigar.

Entraron a la cocina. Zane se agachó y examinó debajo de los mostradores. —Miren esto.

Había marcas de garras en el acero inoxidable.

Star miró las marcas. —Uf, ¿crees que esto es obra de nuestra dama demoníaca? Alguien debería recomendarle a una manicurista.

Dexter tragó saliva. —Y tal vez un sacerdote.

Star notó que la puerta del armario de suministros estaba entreabierta. Se acercó con cautela y la empujó lentamente. —¡Oh my God... sangre! —exclamó al ver un gran charco carmesí en el suelo.

Dexter se apresuró a acercarse. —Wey, eso no es sangre. —Probó un poco—. Es catsup. —Dexter conocía sus condimentos, incluso con poca luz. El piso del armario estaba lleno de botellas rotas de catsup y otras salsas. Había cajas de comida mordisqueadas por todas partes.

Star sintió náuseas. Cerró la puerta del armario y se limpió los jeans, tratando de quitarse la sensación de asquerosidad. —¡Uy, qué asco! —dijo, estremeciéndose de repulsión.

—¡Shhhh! —regañó Dexter. Había visto algo extraño junto al congelador industrial. Una caja estaba cubierta con un limo verde pegajoso que goteaba al piso, formando un charco cada vez más grande. —Ehhh... tienen que ver esto... —dijo Dexter con la voz quebrada.

Apuntó su linterna al limo verde. —¿Qué crees que sea? Definitivamente no es relish. —Lo tocó, pero su dedo chisporroteó al contacto. Retrocedió de un tirón, chillando y agarrándose el dedo herido.

Risitas maníacas surgieron detrás de la caja. Las inquietantes carcajadas fueron seguidas por el golpeteo de pequeños pies apresurados. Movimientos rápidos los rodearon.

Otro estruendo vino desde dentro del congelador industrial.

Star agarró un cuchillo de carnicero. Dexter tomó un sartén pesado. Zane, sintiendo su poder, abrió las manos y las flexionó. Juntos, se apiñaron y avanzaron lentamente hacia la puerta del congelador.

Zane extendió la mano hacia la manija, su otra mano abierta y lista, como si estuviera extrayendo fuerza del mismo aire. La puerta se abrió con un quejido, liberando una ráfaga de aire pútrido.

Y entonces lo vieron: algo horrendo, una parodia repulsiva de su amigo Jake. Parte de su rostro estaba arrancada, revelando una máscara macabra de hueso, carne y tendones. Sus facciones restantes estaban retorcidas en una mueca irreconocible. Un brazo, con la piel desollada, colgaba inerte a su costado.

Una horrenda cavidad marcaba el lugar donde antes latía su corazón. Su cerebro rezumaba por el lado destrozado de su cráneo.

A pesar de las horribles heridas, Jake se movió. Sus pasos eran desarticulados.

Star soltó un grito escalofriante mientras el cadáver mutilado de Jake avanzaba tambaleándose hacia ella. Antes de que el grito pudiera escapar por completo, él envolvió sus dedos desgarrados alrededor de su cuello delicado con un agarrón de hierro.

El rostro de Star se tornó púrpura mientras él apretaba su puño. Sus ojos desorbitados suplicaban misericordia, pero solo encontraron el vacío sin alma en la mirada de Jake. Los últimos vestigios de aire silbaron a través de su tráquea cerrándose mientras él la arrastraba hacia sus mandíbulas rechinantes.

Star aferró el cuchillo de carnicero. Con un movimiento contundente, incrustó la afilada hoja en el cuello de Jake. Él soltó a su víctima mientras la sangre salpicaba por todas partes como un aspersor, cubriendo el cuerpo y rostro de Star de un rojo brillante. La cabeza de Jake se inclinó hacia un lado, pero su cuerpo no muerto siguió avanzando.

Dexter blandió la sartén contra el brazo extendido de Jake con un fuerte *clang*. El impacto hizo que Jake girara sobre sí mismo, tambaleándose hacia Dexter.

El zombi se abalanzó sobre él. Dexter se quedó helado de miedo contra la pared.

Zane extendió la mano hacia un picahielo en un mostrador distante. Con un movimiento de sus dedos mágicos, el picahielo voló hasta su mano. Lo lanzó hacia Jake, clavándoselo justo entre los ojos.

Jake se tambaleó momentáneamente antes de desplomarse al suelo.

❖

Los nudillos de Star sobre el volante estaban blancos como el hueso.

Dexter se estremeció en el asiento trasero. —¡Dios mío, Dios mío, sus tripas… sus tripas estaban como saliéndose!

Zane se aferró a su asiento. —Lo dejamos ahí… Simplemente lo dejamos…

—¿Cómo podía ser Jake? Intentaba matarnos. —Star inhaló con un tembloroso suspiro.

—Ese no era Jake. Jake está muerto —dijo Zane.

Manejaron sin rumbo durante horas. La cruda realidad del destino de Jake comenzaba a asimilarse. Su alegre presencia ahora no era más que un simple recuerdo.

—¿Recuerdan ese día —comenzó Star, con la voz ahogada por la emoción—, cuando Jake habló con un falso acento británico durante todo el turno? Era tan molesto. Pero, tipo, lo logró totalmente.

—Con esa sonrisa perfecta —dijo Dexter mientras las lágrimas se acumulaban en sus ojos.

Zane apretó la mandíbula. *Maldigo sea esta súcubo al Infierno.*

—Deberíamos ir a la policía. Tenemos que reportar esto —dijo Dexter.

—¿En serio? Ya pasamos por esto. No hay tiempo, solo nos harían perderlo. —Star detuvo el carro. Se giró hacia los otros—. Okay, esto termina ahora. Necesitamos un lugar tranquilo para revisar este diario, desbloquear ese hechizo y desterrar a esa maldita.

Dexter se limpió la mejilla. —¿A dónde deberíamos ir?

Star volvió a la calle. —A mi casa. No hay nadie excepto mi abuela, y tal vez también podamos intentar hablar con ella. —Bajó la mirada a su ropa manchada de sangre—. Además, necesito una ducha con urgencia. Básicamente soy Carrie en su baile de graduación.

Emberheart Manor, la casa familiar de Star, era una mansión rodeada de jardines bien cuidados. Era evidente que la casa era antigua. La pintura estaba desgastada y la arquitectura detallada mostraba el paso del tiempo. Aun así, era una gran propiedad.

Estacionaron en el camino de la entrada. Zane nunca había estado en una casa como esa. —Wow, Star. ¿Cuándo pensabas contarme que en secreto eres una princesa?

Dexter bromeó: —Prefiere que le digas *Su Alteza.*

—Técnicamente soy más una "Dama" que "Su Alteza Real"... Dama Starling Rose Emberheart, un placer conocerte.

—Bueno, discúlpeme, *mi noble dama* —respondió Dexter.

Star levantó la nariz con altivez, fingiendo sofisticación. —Pueden dejar sus caballos junto a los establos. Y caballeros, por favor absténganse de tocar las obras de arte. Hay réplicas disponibles en la tienda de regalos.

Habían pasado el resto del trayecto en silencio, lamentando la pérdida, así que este momento de ligereza se sintió como un bálsamo muy necesario. Bromear era su manera de lidiar con la terrible pérdida de uno de sus amigos más cercanos.

—¿Starling, eh? Es un nombre bonito —dijo Zane.

—Me gusta más Star. Las estrellas brillan, como yo —dijo, guiñando un ojo.

—A mí también me gusta Star —dijo Zane mientras miraba la mansión—. Wow, este lugar es tan cool.

—Deberías ver los jardines —dijo Dexter mientras movía las cejas—. Tienen todo tipo de plantas que puedas imaginar, y estatuas antiguas. Si me preguntas, es casi como me imagino Konoha de *Naruto*.

Star rodó los ojos. —Literalmente nadie te preguntó de qué demonios estás hablando.

—Konoha también es conocida como la Aldea Oculta entre las Hojas. Es famosa por su entorno boscoso y exuberante, y es el hogar de Naruto Uzumaki, el protagonista de la popular serie anime y manga *Naruto.*

—¡Dije que nadie te preguntó! Y no te hagas el que sabe de plantas. La última vez que estuviste en mi jardín, ¡intentaste fumar la albahaca!

Dexter replicó con una sonrisa: —En mi defensa, me puso bastante *high.*

Zane se rió entre dientes.

Dexter se puso serio. —Pero, ya en serio… ¿De verdad crees que esto es buena idea, Star? Los demonios parecen estar *trending* donde sea que llevemos ese libro. ¿De *verdad* quieres eso en tu casa?

—Ya no creo que importe a dónde llevemos el libro. Todos moriremos si no encontramos ese hechizo, y se nos están acabando las opciones.

La casa estaba llena de antigüedades. Las vitrinas exhibían curiosidades, y las estanterías estaban repletas de libros. Un papel tapiz estampado y las pinturas al óleo enmarcadas en oro adornaban las paredes, con sus sujetos mirando con juicio.

Star los condujo por la escalera alfombrada hasta el tercer y último piso. Caminaron por un pasillo angosto, con las tablas del piso crujiendo bajo su peso. Un empalagoso aroma a perfume de rosas flotaba en el aire.

Zane notó una puerta entreabierta. Más allá, una figura estaba encorvada en una mecedora, de espaldas a la entrada. Su frágil cabello rojo estaba recogido en un moño. Tenía que ser la abuela de Star. El crujido de la silla se sincronizaba con el tic-tac de un reloj de pie.

—¿Es ella...? —empezó Zane, con la voz baja.

—Sí, es Abui. Déjame ir a hablar con ella —respondió Star.

Dexter, mirando su ropa ensangrentada, preguntó: —Eh, ¿quizá te cambias primero? A menos que quieras darle un infarto.

Star lo desestimó con un gesto. —Está prácticamente ciega por las cataratas. Ni lo va a notar.

Star entró en la habitación mientras los demás esperaban en la puerta. Se arrodilló frente a su abuela y habló con un tono suave y gentil. Las palabras eran demasiado bajas para que los chicos las escucharan, pero de repente, Abui estalló en una risa histérica, áspera e inquietante. Su cuerpo tembló violentamente en la silla.

Star envolvió una manta alrededor de los hombros de su abuela y la abrazó, susurrándole algo que finalmente logró calmarla. La risa de Abui se desvaneció en murmullos suaves mientras Star se ponía de pie y regresaba al pasillo.

—No creo que vayamos a sacarle mucho esta noche —dijo Star. Abui seguía murmurando algo.

—¿Está bien? —preguntó Zane.

—Sí, solo uno de sus episodios —dijo Star mientras seguía por el pasillo—. Por aquí, chicos.

La siguieron, pero la imagen de la anciana riendo a carcajadas en la mecedora permaneció en la mente de Zane.

Star los invitó a su habitación. —Esperen aquí. Voy a quitarme este horror show. —Sacó algo de ropa de su cajón y luego desapareció por el pasillo.

El cuarto de Star añadió una energía juvenil a la casa vieja. Pósters de bandas de los años 80 y 90, como The Cure, Siouxsie and the Banshees y Hole, cubrían las paredes. Había ropa tirada por el piso, y una colección de selfies en Polaroid decoraba el escritorio desordenado. Una pila de libros muy usados, con las páginas dobladas y las portadas desgastadas, tambaleaba sobre la mesita de noche.

Un jarrón de cristal sobre una cómoda sostenía un ramo de rosas, con los pétalos marrones y secos, pero aún bonitos. Las luces de hadas rosadas alrededor de un espejo vintage añadían un toque de ensueño.

En la esquina, un pequeño pájaro azul gorjeaba melodiosamente en su jaula.

—Es Merlín —explicó Dexter—. En realidad, puede hablar un poco.

—Oh, qué cool. —Zane se acercó y metió un dedo entre los barrotes de la jaula. El pájaro tenía una apariencia sacada de un cuento, como si fuera de una película de Disney—. ¿Qué pasa, peque? ¿En qué piensas?

—Cuidado. Muerde —advirtió Dexter.

—¡ÑAM, ÑAM! —chilló el pájaro antes de lanzarse hacia el dedo de Zane. Zane lo retiró justo a tiempo, esquivando el picotazo mientras el ave chocaba contra la jaula.

—Wow, entendido.

—Te lo dije —se rió Dexter mientras se sentaba en el borde de la cama—. Wey, todo está tan chiflado ahora. O sea, lo que le pasó a Jake... no puedo creerlo. Y tú, con esos poderes tan locos. Me salvaste de nuevo —eres mi héroe, dos veces.

—Creo que ya le estoy agarrando la onda —dijo Zane con una sonrisa—. Hunter... como que me abrió los ojos en el carnaval. Me enseñó a canalizar las cosas, ¿sabes? Como, a controlar lo que tengo en lugar de solo paniquearme. — Alzó la vista—. Y después de lo que le pasó a Jake... estoy a tope de pilas.

Estiró las manos. Pequeñas chispas chisporrotearon entre sus dedos.

—¡Bro, está cañón! Directo de Hogwarts —dijo Dexter, inclinándose, asombrado—. Hablando de *chispas*... ¿Este tal Hunter, ya se hicieron súper cuates?

—Sí —admitió Zane—. Es como que, en el momento en que lo vi, todo... encajó. Tenemos esta conexión increíble. O sea, aparece este tipo random en mis sueños, hablando de cómo fue literalmente creado para encontrarme, y luego estos poderes... es tan irreal. Pero cuando me lo explicó todo esta noche, simplemente tuvo sentido. Lo sentí aquí —dijo, tocándose el pecho.

—Así que, ¿"conexión increíble", eh? ¿Debería empezar a llamarte *Zunter* o *Hane*?

El rubor subió a las mejillas de Zane. —Jaja, man, no sé. Todo está tan revuelto ahora mismo.

—Es curioso, porque siempre pensé que tú y Star... —Antes de que Dexter pudiera terminar su idea, Star regresó.

Estaba de pie en el marco de la puerta, vestida con ropa deportiva morada, con una toalla rosa esponjosa envuelta alrededor de su cabeza, como una corona de algodón. A Zane lo tomó por sorpresa verla sin maquillaje. Se veía tan inocente. Sintió un pinchazo en el corazón por lo que pudo haber sido.

—Okay, chicos, pongámonos manos a la obra —declaró Star, dejándose caer al suelo—. ¿Alguien sabe Zoghrul?

Zane y Dexter se unieron a Star sobre la alfombra, y comenzaron a buscar en el diario.

—Espera, vi algo antes... —Zane pasó las páginas, deteniéndose en la ilustración del ojo de esmeralda—. Mira esto. Es lo que vi en el pecho de Hunter.

Star estudió el dibujo. Debajo de la imagen había un pequeño símbolo de una llave con una breve línea de texto. Señaló los garabatos con su uña acrílica—. Este texto aquí... ¿Y si es una especie de conjuro o algo así? Si esta imagen está conectada con Hunter, estas palabras podrían ser la clave para desbloquear el hechizo. Zane, quizá deberías probar tus poderes de voz y leerlo en voz alta.

—No sé. Hunter me advirtió que no jugara con Zoghrul. Tú viste lo que pasó en el parque. Tú mismo dijiste que dejara los cantos cuando casi te saco del mapa con la explosión de ese conejo.

—O sea, Hunter te dijo que el hechizo está oculto en este libro y que tienes que desbloquearlo. Y aquí hay literalmente un dibujo de una llave. ¿Tienes alguna otra idea?

Zane suspiró. —Tienes razón. Pero, ¿y si…?

—Ubícate, Zane. El eclipse es en menos de 24 horas. ¡Solo dilo!

Hunter le había dicho que tenía que hacer esto solo, que tenía que confiar en sí mismo. Respirando lentamente, Zane recitó las palabras desconocidas: —*Unzar zeh pradzog.*

El diario cobró vida, las páginas se pasaron solas. Los tres amigos observaron cómo se detenía en una página en blanco. Las palabras se materializaron, garabateadas por una mano invisible. Eran instrucciones para una poción. Y debajo, en Zoghrul, parecía estar el hechizo del destierro.

Star juntó las manos con entusiasmo. —¡Esto es! ¡Esto es lo que hemos estado buscando!

Dexter leyó el texto recién escrito: —Se llama "Elixir de Cadenas Vinculantes". Suena demasiado bueno para ser verdad.

—Sí lo parece —coincidió Zane—. Esperemos que funcione.

Estudiaron los ingredientes y los pasos para preparar la poción:

—

ELIXIR DE CADENAS VINCULANTES

Reúne estos componentes sagrados:

Veneno de víbora
Con cautela y reverencia, obtén el veneno, potente y
peligroso. Déjalo reposar dentro de un recipiente de
vidrio oscuro, protegido de la vista del sol.

Bayas de melladona mortal
Bajo la luz temprana del alba, arranca las tiernas
bayas de la mortal belladona. Que sean cosechadas
mientras el rocío aún adorna su piel funesta.

Un toque de menta
Busca las hojas verdes de menta fresca, o su forma
desecada, de la más alta calidad. El más leve susurro
de su esencia será suficiente.

La preciada sangre de un descendiente
Con un sacrificio propio, extrae tres gotas de la sangre
de un descendiente, asegurándote de que el linaje sea
verdadero e inmaculado.

—

Sigue estos pasos sagrados para conjurar el elixir:

I.
En un caldero, calienta agua extraída de un manantial
prístino hasta que alcance un hervor constante.
Entremezcla el líquido con tres gotas de la sangre de
un descendiente, entrelazando sus esencias.

II.

A un ritmo mesurado, vierte el veneno de víbora en el líquido calentado y observa cómo se transforma en un tono profundo y lustroso. Con una varita tallada en madera, remueve la mezcla en círculos en el sentido de las agujas del reloj, fusionando el veneno con sus semejantes.

III.

Arroja las bayas de belladona mortal en la poción burbujeante, una por una. Contempla la deslumbrante luminiscencia que emerge mientras las bayas se hunden en las profundidades giratorias.

IV.

Confiere a la poción el beso de la menta, liberando sus aceites en el brebaje. Continúa revolviendo en el sentido de las manecillas del reloj para armonizar la menta con la poción.

V.

Deja que la mezcla se enfríe, luego cuélala a través de un tamiz fino o tela, eliminando cualquier resto de materia corpórea. Conserva la poción terminada en un vial de vidrio, sellado con un tapón.

El elixir elaborado otorga a su poseedor el poder de amplificar o desterrar un mal inmenso. Úsalo con prudencia, pues su potencia dura solo un breve lapso.

—

—¡Oh my God, qué suerte que esta receta no está en Zoghrul! —Star estaba emocionada—. Por suerte, mi abuela cultiva la mortal solanácea en nuestro jardín. Me dijo que la gente la llama "belladona". Las mujeres solían ponerse gotas del jugo de las bayas en los ojos para que se vieran más grandes y seductores.

Dexter sonrió: —Okay, Miss Britannica, estás en mi equipo para la próxima noche de trivia de botánica.

—¿Y los otros ingredientes? —presionó Zane.

—¡Espera un segundo! —exclamó Dexter, dándose cuenta de algo de repente—. Madame Viola tenía todo tipo de pociones en su lugar. Estoy casi seguro de que una de las botellas estaba etiquetada como "veneno de víbora". Me pareció súper raro en ese momento, pero ahora tiene todo el sentido... probablemente lo tenía por esta razón exacta.

El rostro de Zane se iluminó. —Wow, ¿cuáles son las probabilidades? Con suerte, todavía está ahí. Eso cubriría dos de los tres ingredientes. Pero, ¿qué hay de la menta? ¿Tu abuela tiene de eso también, Star?

—Ugh, no. Básicamente es como una plaga e invade todo el jardín —Star reflexionó por un momento—. ¡Oh! ¿Y qué tal té de menta? Seguro que tienen en Midnight Munchies. Ya sabes, la tienda de conveniencia cerca de Snaxtime. Eso debería funcionar, ¿no?

—Puntos extra si encontramos la marca Celestial Seasonings —bromeó Dexter—. Ya sabes, *celestial*, para el ritual del eclipse lunar… ¿Entienden?

—Lo entendimos, Dex —gruñó Star.

Antes de que pudieran discutir algo más, sus teléfonos sonaron al unísono. Un mensaje de WhatsApp de Marjorie apareció en sus pantallas: *Equipo, ha habido un incidente en Snaxtime. Cerraremos mientras la policía investiga. Quédense en casa y manténganse a salvo. Les avisaré cuando sepa más.*

Los tres amigos sabían muy bien lo que había ocurrido en Snaxtime.

—Okay, enfoquémonos —ordenó Zane—. Nos dividimos; cada uno consigue uno de los ingredientes. Yo me encargo del té de menta.

—Yo me encargo de las bayas —exclamó Star.

Dexter hizo una mueca al darse cuenta de que tendría que recuperar el veneno de víbora del salón de la vidente, otra escena espantosa de un crimen. —Supongo que me toca volver a la casa de los horrores. Son demasiado amables, ustedes dos.

Con la tumba debajo de Snaxtime y la cocina teniendo las herramientas necesarias para la poción, decidieron reunirse ahí antes de la medianoche. Luego realizarían el ritual del destierro durante el total eclipse lunar de sangre.

Zane y Dexter se levantaron del suelo. —Okay, hagámoslo —dijo Dexter. Miró a Star—. Supongo que no me vas a llevar, ¿verdad?

—Lo siento, Dex. Tu servicio privado de chofer no abre tan temprano. Creo que hay una bici apoyada contra el cobertizo de enfrente.

Dexter le lanzó una mirada. —Gracias, Star. Justo estaba pensando en empezar mi entrenamiento para el Tour de Francia.

Zane agitó su patineta. —Yo tengo mis propias ruedas.

Salieron al pasillo, dejando a Star en su habitación. Zane notó que la puerta de Abui ahora estaba cerrada.

Bajaron las escaleras y salieron por la puerta principal. Estaba amaneciendo.

—¿Todo bien? —preguntó Zane a Dexter, sacando su patineta de debajo del brazo.

—Claro que sí, yo me encargo. Nos vemos en Snaxtime —dijo Dexter, saludando con dos dedos mientras Zane se impulsaba con el pie y bajaba la colina a toda velocidad.

Ya solo, Dexter buscó la bicicleta. La encontró junto al cobertizo. —Perfecto —murmuró. Pero luego vio las llantas ponchadas y que le faltaba el asiento. —Simplemente perfecto —suspiró.

Al dirigirse a la parte trasera de la casa, vio algo que era a la vez gracioso y triste: una pequeña bicicleta rosa de niña, con ruedas de entrenamiento y serpentinas desgastadas en los manubrios.

Dexter ajustó las correas de su mochila, se subió los lentes y se alisó los rizos. A pesar del estado de la bicicleta, se montó en ella y emprendió su camino, plenamente consciente de lo absurdo de la situación.

Sacudió la cabeza para sí mismo. Al principio del verano, era un cocinero de comida rápida inconsecuente. Pero ahora, aquí estaba, pedaleando al borde del apocalipsis con el destino del mundo descansando sobre sus hombros.

CAPÍTULO ONCE

Lo primero que Dexter notó al llegar a la casa de Madame Viola fue cuánto había cambiado. Parecía que había envejecido años de la noche a la mañana. La pintura se estaba descascarando, dejando al descubierto madera podrida. El jardín estaba cubierto de maleza.

Dexter se detuvo frente al portón de hierro cerrado que custodiaba la entrada. El metal estaba oxidado. Comenzó a trepar, sus tenis se resbalaban al intentar agarrarse de las barras deterioradas. Mientras se impulsaba hacia el otro lado, sus jeans se engancharon y se rasgaron en un borde filoso. Sintió el mordisco del metal en su piel. No solo había roto sus pantalones, también se había cortado. Apartó el dolor y aterrizó al otro lado. La sangre corría por su pierna.

Se tomó un momento para inspeccionar el patio. El jardín era un desierto. Un solitario árbol desnudo se erguía en el centro.

Cinta amarilla cruzaba la propiedad, y los marcadores de evidencia salpicaban el suelo. Entre lo ocurriera después de que se fueron y la policía rastreando la escena en busca de pistas, Dexter solo podía esperar que el ingrediente aún estuviera allí.

Subió las escaleras del porche envolvente. Los amuletos que antes colgaban sobre la puerta principal ahora estaban esparcidos en el suelo, hechos pedazos. La puerta estaba cerrada con llave. Tendría que encontrar otra forma de entrar.

Dexter rodeó la casa y divisó una ventana entreabierta. A pesar de sus esfuerzos, no se movía.

Encontró una pala de jardín en un montón de herramientas de plantación. La encajó debajo de la ventana y la forzó a abrirse con un gruñido.

Dexter se deslizó por la estrecha abertura y apartó las cortinas. Entró torpemente, aterrizando de cabeza en el suelo y rompiendo el lado derecho de sus gafas. Se incorporó y se tomó un momento para evaluar su entorno. Era difícil ver a través de su lente roto.

Dexter había estado en este mismo lugar antes, pero ahora se sentía completamente diferente. Un olor a humedad le revolvía un poco el estómago.

La habitación era un desastre, mostrando signos de una pelea violenta. Dexter avanzó sigilosamente hacia los estantes donde había visto la botella de veneno de víbora. Muchas de las botellas estaban en el suelo hechas pedazos. Rezó para que el veneno de serpiente no estuviera entre ellas.

A medida que se acercaba al estante, una sombra pasó rápidamente junto a él. Dexter se quedó congelado en el lugar. No estaba solo. Sus ojos recorrieron la habitación.

El sonido de un vidrio rompiendo atravesó el silencio. Giró rápidamente para localizar el origen del ruido, pero el desorden hacía difícil identificarlo. Necesitaba encontrar el frasco de veneno y salir de allí rápido. Zane no estaba para salvarlo esta vez.

Se giró de nuevo hacia los estantes, con el corazón latiendo tan fuertemente que pensó que los latidos podrían delatarlo. Divisó el frasco de veneno de serpiente y extendió una mano temblorosa para alcanzarlo.

Cuando lo sujetó, una figura surgió de la oscuridad y aterrizó a sus pies. Sobresaltado, Dexter gritó y dejó caer el frasco.

Solo era el gato de Madame Viola, mirándolo con ojos hambrientos. —Uf, me asustaste, amiguito.

¡El vial! Dexter se dio cuenta que quizá no había sobrevivido a la caída. —Crap —murmuró, poniéndose de rodillas y buscando en el suelo a través de sus lentes rotos.

Afortunadamente, lo encontró intacto y lo metió en su mochila de un empujón. Misión cumplida.

El gato se rozó contra él y maulló.

—Ay, todo va a estar bien. —Pero mientras lo decía, dudó de sus propias palabras. ¿Realmente las creía él mismo? Conseguir los ingredientes para la poción era estresante, pero parecía un problema menor comparado con el monumental desafío de desterrar a un demonio. Parecía que estaba diciéndose medias verdades tanto al gato como a sí mismo.

—¿Tienes hambre? —preguntó, imaginando al gato solo en esta casa abandonada. Dexter hurgó en su mochila y encontró un Slim Jim. Lo desenvolvió, lo partió en pedazos y los colocó en el suelo—. Seguro que te gustará esto. —Le dio al gato una última caricia.

Dexter se abrió paso hasta la puerta principal. La desbloqueó, se agachó bajo la cinta policial y salió a la cegadora luz del día. Echó una última mirada a la casa antes de seguir adelante, enviando un último adiós a su solitario habitante.

Miró sus jeans rasgados, manchados y aún húmedos de sangre. La herida palpitaba, pero apenas le importaba. Sentir dolor le recordaba que estaba vivo. Podría haber terminado como Jake con facilidad. Todavía podría.

Dexter se subió a la bicicleta y empezó a pedalear de regreso a casa, donde intentaría conseguir algo del muy necesario descanso antes del ritual de esta noche.

Star estaba sentada frente a su tocador, pasando un cepillo por sus mechones rojos. Su tarea era más sencilla comparada con la de Zane y Dexter, pero sus nervios zumbaban como abejas.

El nombre Emberheart tenía raíces profundas en la historia del pueblo. Los padres de Star, trotamundos y coleccionistas de arte, aparecían con más frecuencia en revistas de lujo que en su propio hogar. La abuela de Star asumió el papel de criarla. En su época de esplendor, Abui fue una belleza célebre cuyo encanto había cautivado a muchos antes de que finalmente decidiera asentarse con el abuelo de Star.

Como la única heredera de este ilustre linaje, Star a menudo se veía eclipsada por las expectativas ligadas a la reputación de su familia. Pero últimamente, había comenzado a encontrar su propio ritmo. Esa era una de las razones por las que amaba trabajar en Snaxtime. Allí, se despojaba del peso de ser Starling Rose Emberheart. Podía simplemente ser Star, su versión desenvuelta y audaz. El dinero extra siempre era divertido, aunque, sin duda, no lo necesitaba.

Ese verano, de hecho, se había divertido. Casi se sentía culpable por permitir que Dexter y Zane se acercaran tanto a ella. Había sido tan reservada toda su vida, sintiéndose como una impostora entre la gente común. Aunque, vaya, ese Zane era lindo.

Pero nunca había perdido el enfoque. Sabía mejor que nadie la importancia de honrar el legado de su familia. Amaba a Abui más que a nada en el mundo, y nunca la decepcionaría.

Su abuela se quedaba mayormente en sus habitaciones en el último piso de la mansión, ya no lo suficientemente bien como para pasar mucho tiempo afuera. Aún lograba hornear de vez en cuando y ocasionalmente salía a su amado jardín, aunque mucho menos seguido de lo que solía hacerlo.

Este oasis verde había sido el aula de Star, donde aprendió a identificar diversas hierbas y flores bajo la tutela de su abuela. Star sentía un vínculo especial con ella, nacido de su amor compartido por la botánica.

Miró por la ventana hacia el hermoso jardín de abajo. La primera luz del amanecer se extendía sobre los cuidados céspedes y los coloridos parterres de flores. Según el diario, era crucial recolectar las bayas durante esta hora temprana. Abrió la jaula de Merlín y lo dejó libre. El pequeño pájaro azul la siguió al exterior.

El jardín de Abui era un laberinto de senderos verdes que conducían a secciones individuales, cada una exhibiendo una variedad de flora exótica. Las enrejados cubiertos de enredaderas florecidas formaban arcos naturales. Cerca, las fuentes añadían serenidad al jardín, sus aguas relucientes dispersando fragmentos de luz matutina sobre las plantas vecinas.

Star brincó por el jardín, dejando huellas mojadas sobre los adoquines debido al rocío de la mañana. Merlin revoloteaba a su lado. Ella le ofreció su mano, y él se posó sobre ella. —¿Puedes creerlo, Merlin? Por fin todo está encajando. Puedo casi saborearlo.

—Ñam, ñam —trinó.

Los pasos de Star la llevaron hasta el rincón más alejado del jardín, donde había un viejo muro de piedra alto cubierto por un manto de hiedra espesa. Apartó la cortina verde para revelar una puerta. Sacó una llave descomunal de su bolsillo y la introdujo en la cerradura. La puerta se abrió con un chirrido, revelando un santuario oculto.

Dentro de este espacio apartado, varias lápidas desmoronadas marcaban las tumbas de sus antepasados. En la entrada de un pequeño mausoleo se alzaba una imponente estatua de bronce de su bisabuelo. La estatua parecía casi viva, como si su espíritu estuviera vigilando las generaciones.

—Buenos días, Papá —dijo Star, sintiendo una profunda conexión con sus raíces.

Las flores que florecían de noche crecían junto al mausoleo. Star tarareaba una nana que Abui solía cantarle mientras arrancaba las bayas de belladona. Merlin volaba en círculos sobre ella, piando al ritmo de su canción.

Esta noche sería una prueba de fe y destino. Star ayudaría a desterrar al demonio y salvar a la humanidad, o sería responsable de permitir que Demónika gobernara para siempre.

Percibía unos vientos de cambio acumulándose, y una melancolía la invadió por los tiempos más simples de su pasado. Recordaba a la niña curiosa que había absorbido la sabiduría de su abuela entre estas mismas flores. Aquí siempre había encontrado paz cuando el mundo parecía demasiado grande. Y ahora, al borde de un futuro incierto, Star atesoraba estos recuerdos más que nunca.

Pero Star también sabía que éste era el momento de crecer. Ya no era esa niña ingenua.

Lanzando una última mirada al jardín, Star giró sobre sus talones y regresó a la casa con la cesta de bayas. Estaba un paso más cerca de la encrucijada de su destino, con su determinación firmemente arraigada, como las plantas en el jardín de Abui.

El desayuno la esperaba: el pastel de azahar característico de Abui. Ya podía saborear el húmedo y dorado manjar, coronado con un cremoso glaseado y azúcar de flor de azahar.

Si tenía suerte, unas cuantas horas preciosas de sueño precederían los eventos de esta noche, una pausa en el tiempo que realmente necesitaba.

Como huérfano que había saltado de un hogar a otro, Zane siempre había fantaseado con una conexión a su pasado, algún vínculo que lo hiciera sentirse menos solo en el mundo. Ahora, con el conocimiento de su verdadera herencia, estaba un poco sacado de onda.

Zane supuso que conseguir las hojas de té de menta sería fácil, así que decidió ir a casa primero e investigar la historia de su familia.

Apenas había rascado la superficie de las cosas de su tío abuelo. El ático estaba repleto de cajas que pedían a gritos ser revisadas.

Su nueva casa era una encantadora estructura de un solo piso. Era pintoresca y acogedora, revestida con pintura blanca impecable. La puerta principal estaba enmarcada por dos ventanas idénticas, como ojos, dándole a la casa la apariencia de un rostro.

Adentro, los pisos, las paredes y el techo estaban cubiertos de paneles de madera. Era evidente que su tío abuelo había preservado la belleza rústica con esmero. Las estanterías albergaban una impresionante colección de literatura.

El ático era una bóveda de recuerdos. Zane hurgó en una caja de recuerdos y encontró una pila de álbumes de fotos antiguas. Uno de ellos estaba lleno de imágenes en tonos sepia de sus padres cuando eran jóvenes. Hasta ese momento, solo había tenido una foto de ellos en su cartera, así que ver estas nuevas imágenes era como descubrir un tesoro escondido.

La brillante sonrisa de su madre, los ojos claros de su

padre, idénticos a los suyos, le llamaron la atención de inmediato. Pero lo que realmente captó su interés fueron los extraños detalles: en muchas de las fotos, llevaban túnicas con capuchas, rodeados por otros vestidos de la misma manera.

Zane se sumergió aún más en las páginas del álbum, descubriendo una extensa crónica visual de la vida de sus padres. Fue testigo de reuniones ceremoniales, celebraciones y alegres retratos íntimos. Por primera vez, Zane sintió una conexión con ellos.

Su investigación lo condujo a un recorte de periódico escondido entre las páginas. Describía un trágico accidente: una misteriosa explosión que había matado a sus padres en las afueras del pueblo. Nunca había sabido los detalles de su muerte. El artículo era vago y no ofrecía respuestas claras, solo generaba más preguntas. Con la amenaza de Demónika acercándose, decidió dejar este enigma sin resolver por ahora, pero prometió en silencio volver a él una vez que completaran su misión.

Continuó buscando entre los montones y encontró una caja de mármol. Limpió una gruesa capa de polvo con su camisa, revelando una superficie incrustada de joyas. Abrió la tapa.

Dentro de la caja había un anillo de oro con una gran esmeralda tallada en forma de ojo, similar a la que tenía Hunter en el pecho y a la ilustración en el diario.

Zane deslizó el anillo en su dedo. Le quedaba perfectamente.

Debajo del anillo había una sorpresa: un sobre con el nombre de Zane. Su corazón latía con fuerza mientras abría la carta.

Querido Zane,

Durante toda una vida, he permanecido como un extraño para protegerte. Sin embargo, si ahora tienes esta carta, significa que ya no estoy en este mundo y, por ende, el fin de mi tutela. Soy Reginald, tu tío abuelo, y es mi deber revelarte la profunda verdad sobre nuestra ascendencia.

Nuestro pintoresco pueblo guarda un pasado impregnado de lo místico y lo antiguo. Hace mucho tiempo, fue asolado por un demonio insidioso llamado Demónika. La carga de enfrentarse a este demonio, de proteger nuestro pueblo y a sus desprevenidos habitantes, ha sido llevada adelante por nuestra familia, los Hawthorn, a lo largo de muchas generaciones. Cada miembro ha permanecido vigilante como un guerrero contra la fuerza malévola que amenaza nuestra pacífica existencia. Estas son las responsabilidades que nos atan, nuestro legado y nuestro deber.

El anillo que ahora adorna tu dedo es más que un simple adorno. Simboliza el compromiso de nuestra familia y sirve tanto como un escudo contra el poder corrosivo del demonio como un amplificador de tu propia fuerza cuando se necesite. Ha pertenecido a muchos de nuestros antepasados. Este anillo, impregnado con la determinación de generaciones nuestra familia, no solo te protegerá, sino que también potenciará tus habilidades innatas en momentos de necesidad. Llévalo siempre contigo. Recuerda que dentro de ti no solo yace la fuerza y valentía necesarias para enfrentar cualquier amenaza, sino también el potencial de elevarte por encima de ella, magnificado por el legado que este anillo lleva consigo.

Lamento profundamente que nunca nos hayamos conocido en persona. Te mantuve alejado de esta vida para honrar mi promesa a tus padres de mantenerte a salvo. Pero ahora, eres el último heredero encargado de proteger a la humanidad. Tengo una fe inquebrantable en tu capacidad para continuar con la misión de nuestra familia. Recuerda, no estás solo en este viaje. Los aliados están listos para unirse a ti en la batalla contra la oscuridad.

Que el faro de nuestros antepasados te guíe a lo largo de este viaje.

Con amor y esperanza,
Tu tío abuelo Reginald

Zane leyó y releyó las palabras de Reginald, confirmando su nueva misión: un destino más allá de cualquier cosa que hubiera imaginado.

Las lágrimas se formaron en los ojos de Zane mientras el peso del insomnio y la magnitud de sus circunstancias lo abrumaban. El anillo se sentía pesado en su dedo. Todo se volvió demasiado intenso. Se lo quitó y lo guardó en su bolsillo.

El teléfono de Zane vibró. Había puesto la alarma más temprano. Se dio cuenta, sobresaltado, de que todo el día se le había ido volando desde que comenzó a explorar el ático. Ya estaba oscuro afuera. Aún tenía que conseguir las hojas de té de menta, y el eclipse se acercaba rápidamente.

Zane esquivó las cajas esparcidas, bajó las escaleras y salió. Con la patineta bajo sus pies, se apresuró hacia la tienda de conveniencia. Pensó en sus padres.

Los haré sentir orgullosos de mí.

CAPÍTULO DOCE

Midnight Munchies era el destino definitivo para los bocadillos. Sus luces de neón púrpura y naranja solían atraer a los fumetas nocturnos. Pero bajo la luna llena de esta noche, estaba vacío.

Dentro, una máquina de granizados zumbaba en la esquina, sus cámaras heladas girando con remolinos de colores brillantes. Los hot dogs giraban en la parrilla, mientras que unas donas frescas esperaban en una vitrina para ser devoradas. El aroma en conjunto era delicioso. Arriba, los focos fluorescentes emitían un zumbido, y la música de K-pop resonaba desde los altavoces del techo.

Zane deambuló por los pasillos. Sus ojos cansados recorrieron los snacks que competían por su atención. Filas de barras de chocolate, de bolsas de papitas y de caramelos de colores pastel le guiñaban el ojo. Pasó junto a los pretzels cubiertos de chocolate, las gomitas neón, los malvaviscos gigantes y las galletas rellenas de crema. El lugar era un Disneyland de comida chatarra, donde las dietas iban a morir.

Todos los empaques coloridos lo tentaban a olvidar su misión. En una noche normal, Zane no habría dudado en darse un atracón de dulces. Pero tenía asuntos más importantes que atender.

Se dirigió a la estación de bebidas calientes. Junto a las jarras de café y agua caliente, encontró una selección de sobres de té. Había de manzanilla, Earl Grey, té verde, chai e incluso jazmín, pero nada de menta. Había un espacio evidente donde debería haber estado.

Se acercó al mostrador principal para pedir ayuda. La mujer detrás de la caja registradora tenía el cabello teñido de un tono cobrizo y las uñas pintadas de rosa con el esmalte descascarado. Sus dedos regordetes golpeaban rítmicamente el mostrador, y tenía los ojos entrecerrados, como si luchara por mantenerse despierta.

—Disculpe —dijo Zane, tratando de disimular su urgencia—. ¿Tiene té de menta?

La empleada miraba al vacío. Zane intentó de nuevo:

—¿Hola?

Ella respondió con una serie de gruñidos ininteligibles y un eructo jugoso. El hedor era acre, como a leche agria y a huevos podridos. Zane dio un paso atrás y se tapó la nariz.

—Realmente necesito té de menta. Parece que se te acabó allí —señaló la estación de café.

Las luces parpadearon, encendiéndose y apagándose, mientras la música se volvía errática, ralentizándose y acelerándose.

Los ojos de la mujer se abrieron de golpe y se enderezó como una caja sorpresa.

—Ehhh… ¿señora?

Una protuberancia subió desde su pecho hasta su garganta. Su piel crujía como goma estirada mientras su mandíbula se abría de manera grotescamente amplia.

Una pequeña cabeza verde con ojos rosados emergió de su boca. Emitía sonidos húmedos y pegajosos mientras subía.

Zane reconoció a la criatura. Pertenecía a la vil horda del demonio. Mostró sus dientes irregulares y destrozados mientras estallaba en una risa salvaje, parecida a la de una hiena.

El cuerpo de la mujer se desplomó debajo de la criatura, cayendo al suelo como una marioneta con los hilos cortados, muerta. El diablito, ahora orgullosamente apostado sobre el mostrador, transformó sus histéricos chillidos en un gruñido gutural. Zane tropezó hacia atrás y cayó contra una exhibición de pastelillos.

La abominación se lanzó hacia Zane, quien extendió las manos para orquestar un contraataque. La tienda cobró vida mientras él disparaba telepáticamente latas, botellas y cajas por el aire, golpeando a la criatura desde todas direcciones. Por un momento, pareció que el bombardeo podría dominar al monstruo.

Pero el diablito retorció su cuerpo enjuto, esquivando la tormenta de objetos de la tienda. Se abalanzó sobre él, con los dientes listos.

Zane agarró su patineta y la blandió como un bate. La bestia se echó hacia atrás por el impacto, dándole a Zane justo la oportunidad que necesitaba. Se puso de pie de un salto y salió corriendo hacia la salida.

Con escape en la vista, los ojos de Zane se posaron en un paquete de chicles de menta debajo del mostrador. No eran las hojas de té que había planeado encontrar, pero en momentos desesperados tendría que improvisar. Agarró el chicle y salió corriendo.

El diablito atravesó la fachada de vidrio en medio de una tormenta de esquirlas brillantes. Rodó, aterrizó y luego se acercó a él en cuatro patas. Sus gruñidos monstruosos se hicieron más fuertes con cada zancada, acortando la distancia a una velocidad alarmante.

Zane no podía ganarle en velocidad. En pleno movimiento, metió la mano en su bolsillo y se puso el anillo de esmeralda en el dedo. Derrapó hasta detenerse, se giró y extendió las manos hacia el diablito que chillaba.

La joya se encendió, desatando un destello violento de luz verde que envolvió a la criatura y la congeló en su lugar. Chilló, se retorció y, con un *pop* espantoso, explotó en una nube de bilis viscosa y baba, bañando el estacionamiento con entrañas humeantes.

—¡Órale! —dijo Zane, mirando su anillo—. ¡Tremendo power-up! Gracias, tío Reg.

Subió de un salto a su patineta y se impulsó lejos de Midnight Munchies. Con suerte, el chicle sería lo suficientemente potente para hacer su magia.

Después de su misión exitosa y un merecido descanso, Dexter fue el primero de los tres amigos en regresar a Snaxtime. Hizo su gran entrada montado en la bicicleta infantil. La preciada botella de veneno de serpiente estaba en su mochila, acurrucada entre un cómic y una bolsa de Fritos.

Dexter estacionó la bicicleta y colgó la mochila en el manubrio. Sacó su teléfono y envió un mensaje a Zane y Star: *¿Qué onda, cuánto falta?*

Pero no se envió. No tenía señal. Eso era raro. Snaxtime siempre tenía buena cobertura.

Desde arriba, un chillido repentino y aterrador desgarró el aire.

Dexter miró hacia arriba. Un pequeño diablito verde estaba posado en una rama de árbol. Tenía alas similares a las de un murciélago y un solo ojo en el centro de la cara. Emitió otro chillido y se lanzó hacia él.

El mundo se convirtió en un caleidoscopio de pesadilla a través de los lentes agrietados de Dexter. El monstruo se multiplicó en un ejército de terrores que se abalanzaban en su visión distorsionada.

Dexter corrió por su vida.

Las afiladas garras de el diablito volador se aferraron a su cabello esponjado como un ave de presa. Dexter manoteó al cíclope y se liberó. Su pie resbaló en la grava suelta, casi mandándolo al suelo. Por suerte, recuperó el equilibrio y salió corriendo hacia la zona boscosa detrás de Snaxtime.

En ese momento, recordó al matón, Mike Henderson. Estaba cansado de huir. Ya era suficiente. Dexter apretó los puños y se dio la vuelta para enfrentarse al diablito de frente, listo para pelear. —¡VENGA!

Justo cuando las palabras salieron de su boca, el monstruo lo golpeó como una bala.

Cuando Zane llegó al restaurante, eran casi las once. A pesar de lo tarde que era, la luna llena iluminaba todo como si fuera de día. La cinta policial ondeaba con la brisa.

Algo lo agarró por detrás y lo apretó con fuerza.

—Ahí estás —era Star.

—¿Dónde está Dexter? —preguntó Zane.

—Todavía no llega. Y mi teléfono no funciona.

Zane notó algo. —¿Eso es...?

—¡La mochila de Dexter! —exclamó Star. Corrieron hacia ella. Su bolsa estaba abierta en el suelo junto a la bicicleta infantil—. Esa es mi bici de cuando era niña. Qué raro... Le dije que usara la otra. ¡No me refería a esta! —Si Dexter hubiera estado ahí, lo habría molestado por eso

Revolvió entre la mochila—. Oh my God. —Sacó el frasco de veneno y lo sostuvo en alto—. ¡Lo consiguió! Pero, ¿por qué lo dejaría aquí?

—Esto no está bien —dijo Zane, girando sobre sí mismo—. ¡Dexter! —Miró su teléfono—. Yo tampoco tengo señal.

Ella sacudió la cabeza—. Es como si estuviéramos en una zona totalmente muerta.

—Tenemos que encontrarlo —insistió Zane.

La atención de Star se dirigió rápidamente al eclipse inminente—. ¡Mira! Ya está sucediendo. No tenemos tiempo para buscar a Dex.

—No podemos hacer esto sin él.

Star apretó el frasco. —*Todos* moriremos si no preparamos esta poción ahora mismo.

Tenía razón. Tenían que rescatar a su pueblo de las garras de la oscuridad, incluso si eso significaba continuar sin uno de los suyos.

Se apresuraron a entrar a Snaxtime. Por suerte, la electricidad había vuelto, pero el lugar seguía siendo un completo desastre desde la noche anterior. Saquearon la cocina en busca de las herramientas necesarias para la pción. Cada objeto que encontraban era un triunfo: una olla de sopa que serviría como caldero, una cuchara de madera para usar como varita, un trapo de cocina para colar la poción y una botella vacía de catsup de vidrio para usar como frasco.

Star colocó el veneno de serpiente sobre el mostrador. Hurgó en su cartera y sacó un frasco de vidrio con las mortales bayas de belladona. —Okay, pásame el té.

—Pues, pasó algo loco.

Star le lanzó una mirada.

—Me atacaron. En Midnight Munchies… Fue uno de los secuaces de Demónika.

Las manos de Star perdieron el agarre del frasco, que chocó contra el mostrador mientras ella se acercaba a Zane. —Oh my God, ¿estás bien?

—Era como una película de terror. Simplemente salió disparado de la cajera. Tipo, literalmente explotó fuera de su boca.

—¿¡De su *boca*!? —El rostro de Star perdió todo el color.

—Sí. Fue...

—Pero *sí* conseguiste el té, ¿verdad? —interrumpió Star.

Zane suspiró, sacando el paquete de chicle de su bolsillo. —No conseguí el té, pero tengo esto. Es chicle de menta.

Star se lo arrebató de la mano. —¿*Chicle*, Zane? La receta pedía "menta de la más alta calidad". ¿Vamos a salvar el mundo con *Wrigley's*?

Zane se encogió de hombros, derrotado. —Dice "saborizado de manera natural" en la etiqueta

—Esto no puede estar pasando —bufó, molesta.

—Es todo lo que tenemos.

Ella suspiró. —Okay, esperemos que este chicle tenga suficiente patada mentolada para hacer su magia.

Siguieron las instrucciones del diario:

*En un caldero, calienta agua extraída de un manantial
próstino hasta que alcance un hervor constante.*

Colocaron la olla de sopa en la estufa. Star vació varias botellas de agua de manantial en la olla antes de subir el fuego.

*Entremezcla el líquido con tres gotas de la sangre de
un descendiente, entrelazando sus esencias.*

—Entonces, señor Descendiente, ¿listo para donar un poco de esa sangre de primera que tienes? —preguntó Star.

—¿Me das una galleta después? —Zane tomó su llavero y desplegó una navaja de bolsillo. Pinchó la punta de su dedo índice. Se formó una gota de sangre y, con apenas un ligero gesto de dolor, dejó caer tres gotas en el agua ahora hirviendo.

*A un ritmo mesurado, vierte el veneno de víbora en el
líquido calentado y observa cómo se transforma en un*

tono profundo y lustroso. Con una varita tallada en madera, remueve la mezcla en círculos en el sentido de las agujas del reloj, fusionando el veneno con sus semejantes.

Vertieron el veneno de serpiente en la olla. Este se hundió en el líquido antes de volverse de un negro opaco. Zane revolvió la mezcla en el sentido de las agujas del reloj, tal como indicaba el diario. La mezcla se volvió brillante y espesa.

Arroja las bayas de belladona mortal en la poción burbujeante, una por una. Contempla la deslumbrante luminiscencia que emerge mientras las bayas se hunden en las profundidades giratorias.

Star le pasó a Zane el frasco abierto. Una por una, él dejó caer las bayas en la olla, y la mezcla se tornó de un púrpura brillante.

Confiere a la poción el beso de la menta, liberando sus aceites en el brebaje. Continúa revolviendo en el sentido de las manecillas del reloj para armonizar la menta con la poción.

Zane desenvolvió unas cuantas barras de chicle y las masticó, tratando de extraerles todo el sabor posible sin tragarlas. Después de exprimir el chicle al máximo, escupió en la mezcla burbujeante. Siguió revolviendo, rezando con cada vuelta que el chicle funcionara.

Deja que la mezcla se enfríe, luego cuélala a través de un tamiz fino o tela, eliminando cualquier resto de materia corpórea. Conserva la poción terminada en un vial de vidrio, sellado con un tapón.

Ambos soplaron sobre la mezcla para enfriarla, luego la colaron con el trapo de cocina, la vertieron en la botella vacía de catsup y enroscaron la tapa para sellar su creación.

Zane levantó la botella para inspeccionarla. No era perfecta, ni de cerca. Pero era lo mejor que podían lograr dadas las circunstancias.

—Entonces —comenzó Zane—, ¿qué hacemos ahora?

—Tenemos que bajar al sótano y prepararnos para el ritual —directó Star—. La tumba está debajo del restaurante; mientras más cerca estemos de ella, mejor.

—Okay, vamos —dijo Zane, liderando el camino hacia el sótano con Star justo detrás de él.

De la nada, un golpe poderoso en la parte trasera de la cabeza de Zane lo tomó por sorpresa.

En un instante, todo se volvió negro.

CAPÍTULO TRECE

L os ojos de Zane se abrieron lentamente. La cabeza le latía con fuerza. Intentó concentrarse en su entorno. *¿Dónde estoy?*

Imponentes columnas se alzaban desde el suelo hasta un techo abovedado cubierto por un mosaico de azulejos dorados. La habitación estaba iluminada por antorchas de llamas verdes. Las paredes estaban grabadas con runas y glifos brillantes.

Murales cubrían las paredes, narrando una historia aterradora. Aldeanos, con los rostros deformados por el miedo, luchaban contra un poderoso demonio. La secuencia de imágenes mostraba el viaje del demonio, desde su dominio hasta su derrota y captura. La última pintura retrataba al demonio encarcelado, con los ojos ardiendo de furia.

Estaba en la tumba de Demónika.

Zane intentó moverse. —¡Ahhh! —Estaba inmovilizado, sus muñecas atadas con grilletes de hierro y cadenas aseguradas a la pared por encima de su cabeza. Su camisa había desaparecido y su pecho estaba expuesto al aire frío. Sus jeans estaban hechos jirones. El pánico lo invadió al comprender con claridad la sombría realidad de su situación.

Recorrió la tumba con la mirada. *Dexter.* Su amigo estaba semidesnudo y encadenado contra una pared lejana.

Zane intentó construir una secuencia coherente de eventos que pudiera haberlos llevado a este momento. ¿Cómo habían terminado aquí? La desesperación lo invadió. Reuniendo los restos de su fuerza, gritó: —¡DEXTER!

Dexter no respondió. El débil subir y bajar de su pecho era la única señal de que aún estaba vivo.

Los músculos de Zane se tensaron mientras intentaba liberarse de sus ataduras. Pero las cadenas eran implacables. Los grilletes se clavaban en su carne con cada tirón fallido. No había forma de salir.

—Holi, Zane —una voz llamó desde las sombras.

¿Star?

Entró descalza, moviéndose como una pantera. Un batín de seda morada abrazaba su voluptuosa figura, y su cabello caía sobre sus hombros en una cascada de lava derretida.

—Siempre metiéndote en los lugares más oscuros. Eres tan emo —ronroneó Star mientras agitaba los dedos en el aire. Se acercó a él con un vaivén provocativo—. ¿Un poco atado, verdad? Honestamente, no es tu mejor look.

Con las puntas de sus uñas rojo sangre, trazó un camino por su torso desnudo. Zane jadeó, y sus músculos se tensaron.

Llevaba puesto su anillo.

—¿Qué pasa, Z? ¿El gato te comió la lengua? —bromeó Star.

—Star… ¿qué está pasando?

Con un gesto dramático, apartó la mano y la colocó sobre su pecho. —Oh, ¿nadie te lo dijo? Ups, my bad. Déjame explicarte. Resulta que, al final, soy algo así como una princesa. Mi bisabuelo era nada menos que el Rey de la comida rápida, Harold Snaxton. El papá de mi Abui. Así que sí, también soy una Snaxton: una auténtica Burger Queen.

Zane se retorció en sus cadenas. —¿Qué demonios…?

—¿Sabes nuestro problemita con el demonio? Pues resulta que ella es la que nos va a salvar a todos. Mi familia la ha servido por, tipo, mil años. Y esta noche, por fin le vamos a devolver al poder. ¿Qué locura, no?

La mente de Zane daba vueltas, intentando seguir el ritmo de la avalancha de revelaciones. —Espera, ¿me estás diciendo que estás en ese culto? ¿Y que adoras a ese… ese DEMONIO?

—No somos los típicos adoradores de demonios, Zane. Y tampoco somos un culto básico cualquiera. Somos una *familia*, dedicada a traer de vuelta a nuestra Reina, Demónika, a la vida, de una vez por todas, y *para siempre* esta vez. A devolverle lo que le pertenece por derecho: el dominio sobre Humanville.

—Y, siendo honestos, ¿nos puedes culpar? *Los hombres* ya tuvieron su oportunidad y, tipo, la arruinaron por completo. El planeta se está muriendo, todos son miserables. Es hora de un cambio. Un nuevo comienzo con una mujer al mando. Girl Power, baby. Y sorpresa, sorpresa: siempre has sido parte del plan.

—¿Yo? —La palabra apenas salió de la garganta de Zane—. ¿De qué *infierno* estás hablando?

—Oh, todo se trata del Infierno —dijo mientras pasaba los dedos por su cabello—. El Infierno está a punto de venir de fiesta, y va a ser épico. Y tú, Zane, no eres solo un skater boy cualquiera. Eres el verdadero elegido. La magia de la familia Hawthorn es legendaria. Ha estado dormida en tu ADN toda tu vida, esperando justo este momento. Necesitábamos tu poder para romper sus cadenas. Básicamente eres, tipo, nuestro salvador.

Se acercó aún más, bajando la voz casi a un susurro. —Y ahora que tenemos ese poder, no hay absolutamente nada que se interponga en nuestro camino. —Star le dio un beso rápido en la mejilla.

—Casi olvido darte las gracias por mi nueva pieza estrella. —Presumió el anillo de esmeralda—. Me encanta cómo resalta el color de mis ojos.

Con las manos atadas y sin su anillo, Zane estaba indefenso.

Star señaló una runa grabada en la pared. Pulsaba con una luz verde. —¿Ves eso? Usé tu preciado anillo para montar una pequeña barrera. Ningún poder externo puede penetrar esta tumba. Así que no esperes que tu novio patético arruine nuestra pequeña reunión.

Hunter.

—Plot twist —dijo, revelando la botella de catsup que sacó de su bata—. Nunca íbamos a usar esta poción para desterrarla. Es para el gran regreso de nuestra reina oscura. Pero primero, tendremos una pequeña cena. ¡Y tú eres el especial de esta noche, la pesca del día! —Guiñó un ojo—. Se dice en la calle que eres *mágicamente delicioso.*

Zane colgaba contra la pared de piedra, entumecido.

—Voy a ser honesta, puede que tuviera un mini crush contigo… ya sabes, solo un poquito. —Sus labios se torcieron en un mohín juguetón—. Pero, tipo, cuando el destino te marca, no puedes simplemente colgarle, ¿verdad?

Un gruñido distante captó la atención de Star, haciéndola mirar hacia la oscuridad. Luego volvió a Zane con una mirada diabólica en los ojos. —¡Qué emoción! Tenemos un invitado *muy* especial con nosotros esta noche.

Zane forzó la vista, intentando distinguir qué se escondía en las sombras. Star desapareció en la distancia y regresó empujando una silla de ruedas. En ella, encorvada, había una figura más parecida a un cadáver que a un ser vivo. Aunque Zane solo la había visto antes desde atrás, reconoció a Abui. Sus ojos estaban nublados y blancos, y su boca colgaba abierta. Las babas se acumulaban en las comisuras. El pájaro azul de Star, Merlin, estaba posado en su hombro.

Abui llevaba un vestido dorado brillante con mangas abullonadas. Tenía un collar de perlas y aretes de clip que hacían que sus lóbulos cayeran casi hasta los hombros. Lápiz labial rojo corrido le daba a sus labios la ilusión de estar llenos.

Star tocó la mejilla de Abui. —Abui insistió en ponerse su vestido de fiesta favorito. ¿A poco no se ve linda? Básicamente ha estado esperando toda su vida por este día. Y créeme, ha sido, tipo, muchísimo, *muchísimo* tiempo.

En un gesto grotesco, la lengua de Abui salió disparada para lamer sus labios hambrientos.

—Ay, Abui, ¡no te preocupes! Te guardaremos un bocado. —Star se llevó la mano a la boca como si le contara un secreto a Zane—. No lo parece, pero de verdad come como si no hubiera un mañana. —Palmeó el vientre demacrado de su abuela—. O sea, en serio, chica, ¿a dónde te cabe todo?

—¡ÑAM, ÑAM! —graznó Merlin.

—Sí, Merlin, te quedarás con las sobras.

Zane se retorció en sus cadenas.

Star cerró los ojos y reajustó su postura. Respiró hondo, como si meditara, y exhaló. —Ahora sí, que empiece esta fiesta.

Comenzó a cantar y a bailar. Sus movimientos lentos acentuaban sus curvas sensuales. La abertura frontal de su túnica se separaba, dejando entrever sus largas y suaves piernas.

El anillo brillaba en su dedo.

El canto de Star se volvió más caótico. Se agitó su cabello de un lado a otro mientras sus brazos ondulaban como dos serpientes gemelas en el aire. Cintas de electricidad la rodeaban mientras lanzaba su hechizo.

Surgieron decenas de los ahora familiares diablitos que se unieron a ella en el canto, sus voces discordantes fusionándose en un coro poderoso.

A medida que el concierto avanzaba, una espiral de niebla verde se formó alrededor de Star. Detrás de ella, destellaron relámpagos rojos.

La niebla se volvió más densa, transformándose en un vórtice turbulento. Entonces, desde el ojo de la tormenta, apareció Demónika.

Su cabello se arremolinaba a su alrededor como culebras. Sus labios se abrieron en una carcajada ronca, revelando dientes afilados como navajas. La piel gris se estiraba tensa sobre su rostro demacrado.

Star cayó de rodillas, inclinándose en adoración. —Mi Reina, te he traído el sacrificio supremo: el *descendiente*. Estamos listos para tu ascensión final.

De los ojos del demonio brotaron unas llamas azules.

—Ah, y también hay un aperitivo —dijo Star mientras el demonio se volvía hacia Dexter.

Zane gritó: —¡DEXTER! ¡DEXTER!

Dexter se movió.

—Supuse que tendrías mucha hambre. —Star estaba orgullosa de sí misma.

La lengua bífida de Demónika se deslizó por sus labios. —Mmmm.

Zane gritó desesperado: —¡Star, detén esto! Es nuestro amigo... ¡él te *quiere*!

Star se giró hacia Zane con un puchero falso. —Aww, Zane, eso es tan adorable —murmuró con dulzura—. ¿Sigues aferrándote a la idea de la amistad? Me encanta eso para ti. Lástima que la amistad no está en el menú esta noche. Pero ustedes dos... totalmente sí lo están. —Star saludó a Dexter con la mano—. Later, tater tot.

La mandíbula de Demónika se abrió lo suficiente para devorar a Dexter entero.

—¡DEXTER!!!

Entonces, con una rapidez vertiginosa, su boca se cerró de golpe alrededor de él con un chasquido.

Y así, la historia final de Dexter se desarrolló en el escenario principal del fin del mundo.

—¡NOOOOOO! —La visión de Zane se nubló con lágrimas.

El crujir de huesos ahogó los sollozos de Zane mientras el monstruo terminaba su hors d'oeuvre.

Demónika bramó mientras el alma de Dexter alimentaba su poder. Lanzó los brazos hacia atrás y voló más alto en el aire. De su columna vertebral se desplegaron unas alas oscuras y correosas mientras duplicaba su tamaño. Su cabello negro se volvió azul, y su piel gris se transformó en el mismo verde macabro de sus diablitos. Sus carcajadas se convirtieron en un rugido.

Levantó las manos. Sus dedos chasquearon, crujieron y estallaron, alargándose en garras.

Volvió su atención hacia Zane, y con un gruñido lento y prolongado, dijo: —Y ahora, ¡el plato fuerte!

Demónika voló hacia Zane. Sus músculos se tensaron en anticipación.

Ella lamió su sudoroso bíceps. Su lengua se sentía como papel de lija. —Duro y fuerte —siseó—. Pero prefiero mi carne tierna.

Demónika entonces ordenó en Zoghrul: —*¡ZAR KHUL NAZHT TORMAI!*

Sus garras se iluminaron como táseres al hundirlas en las costillas de Zane, enviando descargas eléctricas por todo su cuerpo. La corriente recorrió las cadenas que ataban sus muñecas. El metal chispeó y quemó su carne mientras se convulsionaba violentamente contra la pared.

El demonio retorció sus garras dentro de él antes de arrancarlas. Llevó sus uñas a los labios y saboreó la sangre con su lengua serpentina. —Delicioso.

El techo de la tumba estalló, revelando el eclipse lunar total que ocurría sobre ellos. Los diablitos treparon por los lados de la tumba en hordas. Sus cuerpos deformados se fusionaron, transformando las paredes en una membrana retorcida y palpitante.

Star acunó la poción contra su pecho. Su risa aguda estaba al borde de la histeria.

Zane estaba desesperado. No había escapatoria.

¡El anillo!

El anillo podía amplificar su poder. Tenía que recuperarlo.

Zane recordó la lección de Hunter sobre el comando de voz. Aunque había luchado con ello en el carnaval, era su única esperanza.

—¡Vuelve a mí!

El anillo permanecía en el dedo de Star.

Se rió burlonamente. —Ay no, Zane, ¿tu truquito mágico hizo puff?

Afligido por Dexter, la desesperación de Zane alimentó su determinación. Las palabras surgieron de él instintivamente en Zoghrul: —*¡XATHAR VORUUN!* —Su voz vibró con poder.

La marca de nacimiento en forma de medialuna en su pecho, la misma que Star había notado a principios de ese verano en el lago, cobró vida, brillando con una energía ancestral. El anillo tembló en la mano de Star antes de salir disparado a ajustarse en el dedo de Zane.

Funcionó. Perfectamente. Finalmente tenía control sobre el Zoghrul.

Hunter, te necesito.

El anillo se encendió, y todo quedó paralizado. La realidad se deformó y se retorció. Zane se encontró flotando entre nubes cristalinas.

Ya había estado aquí antes.

Hunter se materializó. Su piel blanca brillaba como la piedra. El ojo de esmeralda en su pecho palpitaba y resplandecía mientras decía: —El eclipse de luna llena está sobre nosotros. Debemos combinar nuestros poderes.

Hunter empujó con fuerza, entrando en Zane. La sensación fue eufórica.

Tan rápido como había partido, Zane fue transportado de regreso a la cripta de Demónika. El monstruo volvía a avanzar hacia él.

Pero Zane se sentía diferente. Bajó la mirada hacia sí mismo, notando la imponente estatura que había adoptado su forma. Su físico ahora estaba surcado de músculos duros como rocas. Su piel era impecable y tersa.

La esmeralda en forma de ojo de Hunter ahora estaba incrustada en el pecho de Zane. Una descarga de poder recorrió su interior. Sus músculos se hincharon, una demostración de fuerza que pulverizó las cadenas que lo aprisionaban. Aterrizó en el suelo y giró para enfrentar a Demónika.

Se rió, sus alas oscuras ondulaban en el aire. —Humano inútil —gruñó—. Tu nueva forma solo me hará más fuerte cuando te consuma.

Demónika extendió las manos. — *¡ZAR KUL THRAKA ORMOS!* —Conjuró un orbe brillante y lo lanzó hacia Zane. El impacto fue brutal, haciéndolo volar hacia atrás. Se estrelló contra el suelo cerca de Star.

Star dio un salto hacia atrás y dejó caer la poción al suelo.

Se lanzó hacia la botella caída, pero Zane fue más rápido. Zane extendió el brazo y abrió la mano. Como un imán, la botella voló directo hacia él.

Demónika se abalanzó sobre Zane, pero él le lanzó la botella que se estrelló contra el suelo, liberando un haz de luz intensa. Demónika se quedó congelada en el aire, con el rostro contraído de dolor mientras luchaba contra la fuerza invisible que la retenía.

El eclipse estaba ahora perfectamente alineado en el cielo.

Zane levitó y cruzó miradas con el demonio, que estaba atrapado en la prisión de luz.

Trazó símbolos intrincados en el aire con las manos, los movimientos le salían sin pensar. El conjuro del destierro del diario brotó de sus labios. Era como si las palabras estuvieran grabadas en su memoria:

— *¡SHADU LIPRA, THIG RESH!*

Una onda de energía verde estalló desde el pecho de Zane. Impactó a Demónika con la fuerza de una estrella detonando, y ella soltó un grito salvaje. Su alarido llevaba el tormento de mil almas atrapadas.

De su boca brotó un ácido verde que salpicó a Abui y a Merlin.

El pájaro se desintegró al instante. La piel de Abui burbujeó y se derritió mientras se convulsionaba en su silla de ruedas. En cuestión de segundos, todo lo que quedó fue un cascarón humeante y esquelético.

—¡ABUI!!! —gritó Star con agonía.

Un sarcófago adornado con joyas surgió del suelo y se abrió, dejando salir un humo verde que envolvió a Demónika y a su horda de grotescos demonios, arrastrándolos hacia el ataúd como un genio devuelto a su lámpara. La tapa se cerró de golpe, sellándolos en su interior.

Una inscripción mágica se grabó en la superficie de mármol. El sarcófago descendió de nuevo al suelo.

Una réplica sacudió la tumba, arrojando a Star como si fuera una muñeca de trapo.

Zane cayó al suelo y aterrizó de espaldas. Mientras el polvo se asentaba, vio el cuerpo sin vida de Star a lo lejos.

Con un espasmo, sus brazos se abrieron de par en par y su espalda se arqueó mientras Hunter salía de su cuerpo. El dolor era insoportable, como si lo desgarraran desde dentro. Pero luego desapareció.

Hunter se desplomó a su lado, débil pero consciente. La esmeralda había regresado a su pecho.

La cripta tembló bajo ellos.

—La tumba se está cerrando. Debemos apresurarnos antes de que quedes atrapado —advirtió Hunter mientras luchaba por incorporarse.

—¡Okay, salgamos de aquí! —dijo Zane, levantándose y tirando de la mano de Hunter. Pero Hunter no se movió.

—Debo quedarme. Este es mi deber: vigilar a Demónika —dijo Hunter.

Zane entendió, pero esto lo destrozó. La gratitud y la devastación se debatían en su pecho mientras miraba a Hunter a los ojos. Se arrodilló y lo abrazó con fuerza. —Ha sido épico.

—*Totalmente* épico —respondió Hunter, acercándolo más—. Has cumplido tu destino. Recuérdame.

Zane colocó su mano sobre el corazón de Hunter. —Para siempre.

Hunter agitó el brazo en el aire. Apareció una escalera de piedra que ascendía desde la cripta, ofreciéndole a Zane un camino hacia la seguridad.

—Vete ahora —ordenó Hunter.

Con visible esfuerzo, Hunter se puso de pie. Enderezó los hombros, manteniéndose erguido. Sus ojos verdes se volvieron grises mientras su cuerpo se endurecía hasta convertirse en mármol.

Zane se acercó a la estatua. Acarició la mejilla de piedra de Hunter. —De alguna manera, te volveré a ver —gimió. Sus ojos se llenaron de lágrimas, que comenzaron a rodar por su rostro cuando se volteaba.

El temblor continuó. No había tiempo para lamentarse. El resto del edificio estaba a punto de derrumbarse. Zane corrió escaleras arriba, salió de Snaxtime y escapó de la estructura que se desmoronaba.

Corrió por el estacionamiento y cruzó la calle antes de mirar atrás. El edificio se derrumbó hacia adentro con una fuerte y estruendosa implosión. El estallido levantó una nube de polvo y escombros, ocultando las ruinas del querido restaurante de comida rápida.

Zane sintió la primera gota de lluvia en su mejilla. El cielo rugió con truenos, y un repentino aguacero limpió su cuerpo maltrecho.

Había desterrado a la reina demonio y salvado al mundo en el proceso. Pero el precio fue alto.

Zane pensó en Dexter, el amigo que siempre hacía reír a todos, incluso cuando él mismo estaba pasando por lo peor. Pero Zane sabía que Dexter era más fuerte e inteligente de lo que él mismo se daba crédito. Su humor, resultó ser, había sido el pegamento que los mantenía unidos. Era insustituible.

Y luego estaba Jake, alguien más grande que la vida misma. Tenía una confianza natural, una energía magnética que atraía a la gente. Pero detrás de esa fachada, Jake siempre estaba cuidando de sus amigos, asegurándose de que todos estuvieran sonriendo y pasándola bien. Era un buen tipo.

Zane pensó en el desamor causado por la traición de Star. A pesar de su engaño, perderla seguía siendo una tragedia. Recordó aquella noche de verano en la parte trasera de la camioneta, cuando casi se besaron. Ella había sido tan dulce, y en ese momento, sintió que realmente lo comprendía. Estaba casi seguro de que sí. Ese recuerdo, lleno de posibilidades que nunca se realizarían, permanecía grabado en su corazón.

Tal vez eso también formaba parte del viaje: aprender a aferrarse a lo bueno, incluso cuando todo lo demás se desmoronaba.

Hunter. Era más que un protector. Había despertado algo en Zane que estaba oculto en lo más profundo de su ser. Zane bajó la mirada hacia su anillo. La piedra estaba opaca y sin vida.

Entonces, justo adelante, vio su patineta en medio de la calle, como si hubiera estado esperándolo.

Con una sonrisa cansada, se tambaleó hacia ella, se subió y dejó que las ruedas lo llevaran lejos. Mojado y débil, se alejó patinando mientras las sirenas se hacían más fuertes en la distancia.

Un nuevo comienzo lo esperaba.

Pero primero lo primero.

Tenía mucha hambre.

EPÍLOGO

—¡Pedido listo, chicas! —El cocinero hizo sonar la campana con urgencia.

La cocina de Pizza Princess estaba a reventar. Ubicado en lo alto de una colina con vistas a Paradise Falls, el club nocturno VIP y restaurante de pizza se había convertido en la sensación más popular del pueblo desde su apertura hace unas semanas.

Tres meseras con uniformes diminutos se agrupaban cerca de la fuente de sodas, chismeando sobre el último drama en sus vidas. Era evidente que las habían contratado más por su apariencia que por su ética de trabajo. Una de ellas, una rubia con una sonrisa fácil, tomó una pizza del mostrador y salió de la cocina con paso seguro, equilibrando la bandeja con una mano.

Las otras dos siguieron platicando, su conversación

cambiando de la fiesta de anoche a los tatuajes del guapísimo bartender. La puerta de la cocina se abrió de golpe, y una chica nueva entró, ya uniformada. Masticaba chicle y tenía un corte pixie rojo y corto.

—Oh my God, so cute —dijo una de las meseras mientras la miraba de arriba abajo—. Me encanta el pelo.

—Holi, chicas —saludó la nueva con un gesto despreocupado.

—Bienvenida a Pizza Princess —dijo la otra mesera—. Espero que estés lista... es una jungla allá 'fuera.

—Sí, se pone *súuuper* intenso —añadió la primera—. Este lugar es, tipo, literal el Infierno. Sobrevive una semana y *tal vez* nos impresiones.

—Oh, no me preocupa —proclamó la pelirroja—. Puedo manejarlo.

—¿Así que has trabajado en un lugar como este antes?

La chica nueva se encogió de hombros. —Sí, y creo que voy a adaptarme de maravilla. De hecho, tengo grandes planes para este lugar —sacó un libro viejo de su bolsa—. Traje unas recetas divertidas para probar. ¿Quién está listo para cocinar un poco de problemas?

Las otras meseras intercambiaron miradas curiosas. La confianza de la chica nueva era intrigante.

—Entonces, ¿cómo te llamas, eh? —una de ellas preguntó finalmente.

Extendió su mano, sus uñas rojo cereza brillando como caramelos. —Soy Starling. El placer es totalmente *tuyo*.

SOBRE EL AUTOR

J.J. Buffet es el seudónimo compartido de Snaxtime, el equipo creativo con sede en Brooklyn, productores de animaciones extravagantes como CHEESE DOG: THE MOVIE y el aclamado corto de horror viral PIZZA FACE. Con VERANO DEMONÍACO, su espeluznante y divertida novela debut, Snaxtime se adentra en un nuevo territorio narrativo, trayendo a la página por primera vez su mezcla distintiva de humor oscuro y estilo imaginativo.

Web: snaxtime.com
Instagram: @snaxtimeusa
YouTube: @snaxtime